扶瑤直上

下

若涵 著

風文創
1004

目錄

第二十四章　自取其辱

「櫃檯不能倚靠，這位客官，麻煩您稍微讓一讓。」顧雲落溫和但面無表情地說道。

那男人愛極了她這副清冷的樣子，連著手指頭都有些發癢，伸手想要摸摸她的臉，說道：「看妳假正經的小模樣兒，都出來做這種事了，還裝什麼呢。」

顧雲落微微皺眉往後一躲道：「客官請自重。」

旁邊一位常來的大娘有些看不過去，上前道：「這位客人啊，顧掌櫃天天都在這兒，的確是正經做生意的姑娘，你要找樂子，去隔壁清樂街上吧。」

「清樂街上的？我還真看不上。」那人又要拉她的手臂，無賴道：「我就喜歡這種故作清高的姑娘，可實際上啊，出來做買賣的，哪有什麼正經女人，顧姑娘，妳說是不是？」

顧雲落躲過他的手，一個耳光甩到他臉上，說道：「滾！」

男人半張臉火辣辣的，他沒想到自己會被女人打耳光，頓時指著顧雲落怒罵道：「出來賣的在這兒裝什麼假正經？別人都可以我不可以？你知道我是誰嗎？敢和我動手，生意是不是不想做了？」

聽他後面罵得越發不堪入耳，夏瑤皺了皺眉喚道：「望月！」

那男人罵得正起勁，冷不防手臂被人反扭一把，直接丟出店外，他還要再罵，就見顧雲落跟著他出了店，搶先開口道：「這位客官，下次出門可帶夠了銀錢再來，把我們店裡試吃的點心吃光了，一個銅板也不肯出，實在是說不過去吧？」

男人眉頭一皺，罵道：「妳放屁！」

「唉唷，這位客人，」剛剛那位幫顧雲落說話的大娘拎著買好的點心出來道：「我在裡頭看得真真切切，你不光不想付錢，還罵掌櫃的，要讓人家做不了生意呢，我老太婆都看不下去了。」

男人還要再說，可是圍觀的人群已經開始對著他指指點點，他只得說了句。「你們等著。」接著就轉身狼狽地走了。

顧雲落啐了他一下，笑著對那大娘道：「多謝您了。」

「不用客氣，女人家討生活不容易，能幫忙就幫忙。」大娘擺擺手道：「不過顧掌櫃啊，這還只是剛開始，以後這種事可多了去了，再說妳這樣對客人，妳老闆那邊……」

「沒事的，」顧雲落笑道：「老闆人好。」

「欸欸，行，那我走了。」大娘揮手道：「妳回去忙吧。」

送走大娘，顧雲落就見老闆夏瑤下了樓在櫃檯邊等她，見到她就問道：「沒事吧？」

顧雲落走進櫃檯，說道：「這算什麼，這要是在青樓裡，就是隻小蝦米。」

夏瑤笑了一聲，道：「處理得不錯，我們店裡的人遇事不用忍著，不缺他那一、兩個銅板，鬧大了也不怕，有我在呢。」

夏瑤話音剛落，就聽到一個熟悉的聲音說道：「這裡出什麼事了？」

她驚喜地轉過去，看到店門口那個人影，便喊道：「王爺！你怎麼來了？」

「出門有事，想著妳這會兒應該還在店裡，就過來看看。」沈世安被夏瑤挽住手臂，低聲道：「怎麼了，我在外頭聽說店裡出事了？」

「沒什麼，有個不長眼的傢伙欺負雲落，被望月丟出去了。」夏瑤不在意地回道：「雲落還打了他呢，是不是很厲害？」

沈世安想了想，一本正經地點點頭道：「嗯，人以群分。」

夏瑤小聲「哼」了一下，顧雲落見他們說完了話，才過來對沈世安行了禮道：「見過王爺。」

沈世安收起和夏瑤玩鬧的態度，恢復清冷的模樣道：「顧姑娘，王妃很看重妳，別讓她失望。」

顧雲落鄭重道：「王妃對我有恩，小女不會辜負她的。」

聊了幾句，夏瑤問沈世安。「王爺到樓上吃點東西嗎？」

沈世安「嗯」了一聲，跟著夏瑤去了樓上，顧雲落在後面看著兩人的背影，覺得有些好笑。王妃平日看著一副精幹成熟的樣子，王爺一來就原形畢露，說了半天話，連個眼神都沒分給她。

「王爺來了？」上官燕正在休息室裡看書，見沈世安進來也沒起身，隨意地打了個招呼。

夏瑤從鞋櫃裡拿了雙棉布拖鞋給沈世安，上官燕好奇地瞄了一眼，微微挑了挑眉。之前夏瑤給上官燕和沈玉的拖鞋款式相同，鞋櫃裡也有一堆，而她自己那雙則是不一樣的。上官燕原本倒是沒多想，覺得這畢竟是夏瑤的地盤，搞個特別的也正常，這會兒看到沈世安的拖鞋，才發現夏瑤的和這雙是同個系列。

「王爺來得正好，我在烤乳酪餅呢，」夏瑤說道：「一會兒就好。你喝奶茶還是蜂蜜檸檬紅茶？」

「蜂蜜檸檬紅茶吧，乳酪餅是什麼？」沈世安問道。

一旁的上官燕看了看自己面前的櫻桃露，心想：嘖，要不是為了那個乳酪餅，我現在就走，打擾人家夫妻做什麼呢?!

乳酪餅是夏瑤最近才想做的，其實如今已經有起司了，被現在的人叫做奶豆腐，夏瑤在奶豆腐的基礎上改良了一下，用新鮮的牛奶做出了過去自己常吃的莫札瑞拉起司。

相比起前世在超市買的莫札瑞拉起司，自己做的新鮮起司味道更好，奶香濃郁、含水量較多、口感軟軟的，夏瑤嚐了一塊，就想起自己以前最愛的乳酪餅。

半發酵的麵皮裡放上滿滿的莫札瑞拉起司，然後擠入一些蜂蜜包起來，壓成扁扁的餅狀放入烤箱。烤熟後的莫札瑞拉起司可以拉出長長的絲，又軟又香，奶味很重，微微帶著點鹹味，而且神奇的是起司和蜂蜜非常搭，吃起來濃郁香甜，光想著就讓人流口水。

「王妃，乳酪餅烤好了，現在就拿上來嗎？」片刻後晚秋進來問道。

「嗯，拿上來吧，再拿兩杯蜂蜜檸檬紅茶。」夏瑤吩咐道：「不用太甜，檸檬多一些。」

剛剛出爐的乳酪餅熱騰騰的，強烈的奶香一下子在店裡散開，引得不少路過的客人紛紛吸著鼻子嗅了嗅空氣裡的誘人香氣，然後直接被勾進了店裡。

夏瑤用小刀將乳酪餅切成六份，剛剛烤好的乳酪餅很軟，拿不太起來，上官燕伸手碰了一下，就燙得縮了回去。「涼一會兒再吃吧。」

「就得趁熱吃呢，涼了裡頭的起司就不牽絲了。」夏瑤一邊吹氣，一邊拿起一塊，只見裡頭的起司藕斷絲連，她用手挑斷掉後說道：「雖然涼了也好吃，不過我還是喜歡趁熱吃的口感。」

上官燕有些猶豫，畢竟這種餅的吃相看起來有些不雅，正在糾結，就見旁邊的沈世安接過夏瑤遞給他的乳酪餅，稍稍吹了吹後咬了一大口——薄薄的餅皮被咬開，裡頭柔軟得似乎會流淌的淺黃色起司稍稍被擠出了一點點。

沈世安鼓著嘴嚼了幾下後嚥入喉嚨，點點頭嘟囔了句。「放了蜂蜜？挺香的。」接著又咬一口。

上官燕吞了口口水，覺得本來聞起來就香的餅頓時變得更饞人了，她立時顧不得矜持，伸手拿了一塊。

外面的餅皮薄韌，有烘烤後的麥香味，裡頭的起司口感很特別，綿軟卻又有嚼勁，吃起來很上癮，帶著奶香的起司和蜂蜜的甜香融合在一起，這組合看起來奇怪，吃起來卻毫不違和，還有些相輔相成。

夏瑤看沈世安吃得香，自己也拿了一塊，笑道：「該把王爺放在店門口吃東西，肯定能吸引一大批人進來買。」

說真的，沈世安的吃相讓人格外有食慾，明明吃得很香但又不狼狽，感覺很適合在後世的網路上做吃播節目，一定很有前途。

吃過點心，上官燕瞄了瞄自己放在一旁沒看完的話本，有點猶豫。

這本書是她新買的，剛看了個開頭，正入迷呢，可這畢竟是夏瑤的地方，這會兒王爺來了，她不離開的話顯得挺沒眼色的。

上官燕才下好了決定，就聽夏瑤說道：「燕兒，我和王爺去外面逛逛，妳要一起去還是在這兒待著？」

「我不去，你們去吧。」剛剛站起來打算閃人的上官燕立即坐了回去，從茶几上拿起自己沒看完的話本道：「好好玩，玩久一點呀。」

「王爺這還是第一次陪我逛街呢。」出了鋪子，夏瑤興致勃勃道：「我們去哪裡？」

「妳想去哪裡？」沈世安想了想，說道：「要去買些首飾嗎，上回去的那家妳不是說不夠精緻？」

「肯定比不上府裡師傅們打的那些精緻呀，不過去看看也行。」夏瑤想了想，說道：「之前燕兒說有一家鋪子的簪子樣式挺新鮮的，我想去看看。」

掌櫃的眼力向來最厲害，見他們兩人的衣著、首飾無一不精緻，立即笑著迎上來道：「夫人今天要看點什麼？我們新進了一批耳墜子，特別好看。」

「我想看看簪子，不過既然掌櫃的這麼說了，那耳墜子也拿來瞧瞧吧。」夏瑤笑道。

「唷，那可不是巧了，我們這兒正好有整套的，我都給您拿來。」掌櫃的領著他們坐到一旁的椅子上，說道：「您二位在這裡坐坐，我這就去拿。」

掌櫃的轉身走了，還招呼店裡的人給他們上茶，夏瑤咂了咂嘴道：「真會做生意啊，這麼熱情，搞得我不買東西都有些不好意思了。」

沈世安笑道：「一杯茶、幾句話，就能交換客人掏出大把銀子，正可謂生財之道啊。」

掌櫃的拿了首飾過來，見他們兩人說說笑笑，讚嘆道：「兩位可真是相配，來我這兒的小夫妻也不少，但是像兩位這般樣貌出眾的可不多，看著就該是在一起的。」

夏瑤正拿起一根帶珍珠流蘇的簪子細細瞧著，聽他這麼說，不由得笑道：「掌櫃的這話我愛聽，今天看來多多少少得照顧你生意了。」

掌櫃的一張老臉頓時笑得像花開似的，好聽的話一骨碌地往外冒，夏瑤聽得滿意，看了看盒子裡幾套首飾，問沈世安。「你覺得珍珠的好還是玉石的好？咦，其實這套純金的也挺好看的，就是富貴了些，我有些壓不住。」

「壓得住壓得住，」掌櫃的忙說道：「雖然是純金的，但夫人您看這設計多精緻啊，我拿出來的就是適合您這年紀的，您看您多貴氣，怎麼會壓不住純金呢？」

夏瑤一時無語，沈世安倒是笑了笑，溫和道：「夫人喜歡就全包起來吧，這東西又不嫌多，長青，跟著掌櫃的去結賬。」

不得不說，雖然夏瑤自己手上也有錢，但是聽見沈世安說「全包起來」時還是覺得挺爽的，尤其是說這話的人還長得好看，讓她有種人生贏家的感覺。

從首飾鋪子出來，夏瑤沒什麼意願逛其他店家，見前面茶樓裡有人說書，她頓時來了興趣，拉著沈世安進去要了間包廂。

茶樓的點心夏瑤不敢點，兩人只要了一壺茶，跑堂的見他們沒要點心，還是熱心地送了一盤瓜子。

「這是什麼瓜子？」夏瑤捏了一粒看了看，發現不是她平時吃的那種葵花籽，而是一種墨綠色殼的橢圓形瓜子，皮又薄又脆。

夏瑤試著咬了兩粒，發現難咬得很，一咬一嘴的碎瓜子殼，馬上失了興致，撇撇嘴道：「我不會剝。」

沈世安摸了粒瓜子起來，兩根手指一捏，輕鬆地捏開瓜子殼，他將瓜子仁拿出來遞給她，道：「這樣就行了，吃吧。」

夏瑤剛要伸手，又想到包廂裡只有他們兩個，臉上頓時露出笑容，從椅子上稍微站起來一些，張嘴吃掉了沈世安指尖上捏著的瓜子仁。

她軟軟的嘴唇在沈世安指尖上微風似的輕撫了一下，沈世安瞬間觸電般地收回了手，結結巴巴道：「妳、妳做什麼？」

「吃瓜子呀。」夏瑤眨眨眼睛道：「不是你讓我吃的嗎？」

沈世安沈默了片刻，覺得還是別跟她計較，遂拉過桌上一個空碟子道：「我給妳放碟子裡。」

夏瑤偷偷笑了一下，這小王爺還是如此禁不起調戲，實在是有趣得很。

底下說書人講完了一段，正在休息，夏瑤拿起桌上的節目單來看，發現正在說的是窮書生智鬥鄉紳的故事，倒是比那什麼狐狸精的故事更有意思一些，正打算再翻翻有什麼其他內容，就聽包廂門被敲了敲，長青在外頭說道：「王爺，王姑娘來了。」

王姑娘？哪個王姑娘？夏瑤狐疑地看向沈世安，心想：想不到你這看起來正經的王爺，在外面還有別的姑娘？

沈世安正在剝瓜子的手微微停頓了一下，稍微想了想後說道：「大概是皇嫂的妹妹。」

是王秋語?!

外頭的人這會兒推門進來了，果然是王秋語，她進門甜膩膩地喊了聲「世安哥哥」，瞥了旁邊的夏瑤一眼沒說話，夏瑤倒是笑咪咪地坐著招呼道：「王姑娘，妳也來喝茶啊？」

「我在隔壁包廂，聽到像是世安哥哥的聲音就過來看看。」王秋語毫不見外地走過來在沈世安身邊坐下，看到他手上的動作，有些疑惑地問道：「世安哥哥，你這是在做什麼呢？」

「給王妃剝瓜子。」沈世安淡定地說道。

王秋語一聽就炸了毛，喊道：「你、你怎麼能做這種事！」

「王姑娘，妳小聲點。」夏瑤從碟子裡捻了個瓜子仁吃了，說道：「妳這話說的，別人聽見了還以為我們在這兒捉姦呢。」

王秋語壓低了聲音，咬牙道：「妳怎麼能讓王爺給妳剝瓜子？王爺是千金之軀，怎能做這種下人做的事？」

夏瑤一臉無語地說：「剝個瓜子怎麼了，我還給王爺做飯呢。」

「妳給王爺做飯，不是應該的嗎？」王秋語說道：「做人家妻子的，哪個不是洗手做羹湯，妳現在竟然讓王爺給妳剝瓜子，算什麼妻子啊！」

這姑娘年紀不大，看起來性格也不古板，之所以說出這種話來，唯一的原因只能是故意找她碴了。

夏瑤聽見樓下好像快要開始說書了，不想跟王秋語囉嗦，只似笑非笑地看著她，道：「我和王爺怎麼相處，和妳有關係嗎？妳再多說一句，信不信我現在就坐到王爺腿上去？」

沈世安手一抖，把手裡的那粒瓜子捏得粉碎，他稍稍慌了一下後趕緊假裝什麼事都沒發生，重新拿了一粒瓜子起來。

「妳、妳不要臉，世安哥哥怎麼會和妳這種女人成親？我要去告訴陛下！」王秋語喊完就氣哼哼地摔門走了。

夏瑤心想：這回感覺自己像個邪惡女配角！

「她到底圖什麼啊，」夏瑤實在是想不明白，無奈地說道：「每次都跑來指責我一頓，然後自己氣跑，搞得像是我欺負她似的。」

「明天我去宮裡一趟跟皇嫂說說，」沈世安把滿滿一碟瓜子仁推到夏瑤面前道：「她已經不是小孩子，該知道點輕重了。」

夏瑤接過小碟子，學著王秋語甜膩膩的語氣道：「謝謝世安哥哥！」

沈世安渾身一哆嗦，說道：「妳別學她說話。」
夏瑤撇撇嘴道：「怎麼啦？你只能是她一個人的世安哥哥嗎？」

第二十五章　不依不撓

本來只是開玩笑的，然而沈世安居然沒接話，夏瑤在他的沈默中尷尬了幾秒，隨即生起氣來，「哼」了一聲趴在包廂的欄桿上，沈著臉看著底下的說書人喝了口茶準備開始工作。

「妳、妳可以叫我冬哥兒。」沈世安突然小聲道：「我母妃以前就是那麼叫我的，雖然只叫了幾年。」

「冬哥兒？」夏瑤從欄桿上回過頭去，問道：「是王爺的小名嗎？」

「嗯。」沈世安點點頭，臉上帶著溫和的笑意道：「我是冬天出生的，母妃以前就愛這麼叫我。」

夏瑤腦子裡突然浮現出一個圓頭圓腦的小男孩，在雪地裡撒歡地玩著，房門口倚著一個面容姣好的年輕女人，笑著喊他。「冬哥兒，外面冷，快回來吧！」

「冬哥兒。」夏瑤笑咪咪地叫了一聲，讚道：「好可愛。」

「別在外面叫。」沈世安有些不好意思。

「知道啦，只有我們兩個人的時候叫。」夏瑤心情好得不得了，說道：「王爺可以叫我阿瑤，我娘有時候會這麼叫我。」

沈世安點了點頭，小聲叫了句。「阿瑤。」

隨後就聽得底下醒木一響——開始說書了。

「前頭講到，這書生給富商送了好大一個禮，包得嚴嚴實實……」說書人將一個原本只能算不錯的故事說得妙趣橫生，夏瑤邊聽邊捂著嘴笑，連一旁定力比較好的沈世安也幾次笑著搖頭。

一段故事講完，夏瑤笑得都有些渴了，回頭喝了一大口茶，說道：「這說書先生倒是個人才，該給點賞錢，就是故事有點單薄了。」

「茶樓裡說的書一般都是迎合常客。」沈世安說道：「這裡不算京城最好的茶樓，下回我帶妳去最好的那間，那邊茶點的味道也不錯。」

「好呀好呀。」夏瑤點點頭，又問道：「王爺也聽說書？」

「我不聽，不過康平王世子愛聽，我有一段時間心情不好，他硬是拉著我去聽過幾回，的確有意思。」沈世安說道。

康平王世子？夏瑤回憶了一下，想起是在春日宴時見過的外向年輕男子，王爺的堂哥或堂弟，根據他當天的言行舉止，的確像是愛在外面玩。

夏瑤笑道：「他倒是挺熱情的。」

沈世安皺了皺眉，似乎是想起了什麼慘痛的過去，說道：「太熱情了點。」

聽完說書，時候也不早了，夏瑤懶得再回點心鋪子，就早早打發望月去店裡通知一聲，又順便把馬車趕了過來。

這會兒入了秋，天色一暗下來就有些冷了，夏瑤走出茶樓被冷風一吹，立即打了個噴嚏。

沈世安摸了摸她的手臂道：「妳衣服薄了些，府裡沒給妳準備厚衣服嗎？」

「準備了，不過我沒想到今天會出來這麼久，以往都是在鋪子樓上待著的，也不冷……」夏瑤抱著雙臂哆嗦了一下，趕緊竄進馬車裡道：「今天晚上吃火鍋吧，突然想吃點熱的。」

「火鍋？」沈世安想了想，回道：「就是前段時間妳叫人打的那個大銅鍋？」

「嗯，不過那個大了些，我們兩個人吃，用小鍋就行。」夏瑤說道：「再喝點桂花酒釀怎麼樣？我前幾天剛釀的，今日差不多可以喝了。」

沈世安將座位上的薄毯遞給她，點點頭道：「好。」

火鍋煮起來很容易，大廚房有現成的牛骨湯，夏瑤便做了兩個鍋底，一個白湯、一個麻辣，又讓人準備了牛肉片、蝦滑、香菇雞肉丸、魚片跟鵪鶉蛋，還有一堆雜七雜八的菌類與蔬菜，擺了滿滿一桌子。

其實夏瑤本來還想讓人弄些牛肚跟鴨腸之類的，但是想到只有他們兩個人吃，還是適時地收了手。

「王爺的蘸碟裡要放些什麼？」夏瑤拿了個小碗為沈世安配蘸料，問道——

「麻醬要嗎？」

「要。」

「藤椒牛肉醬？」

「要。」

「醋呢？」

「要。」

「碎花生？」

「要。」

「香菜？」

「要。」

夏瑤的手停了下來，說道：「就說你什麼不要吧。」

沈世安想了想，回道：「不要蔥和蒜？」

不吃味道太重的食物，是王爺最後的底線。夏瑤為他配好了蘸料，自己也配了一碗，正好鍋也開了。

阮師傅現在被夏瑤訓練得廚藝突飛猛進，甚至連刀工都進步了一大截，切出來的牛肉片薄如蟬翼，在鍋裡稍微一燙就熟了，往蘸碟裡沾一下，裹著滿滿的紅油、芝麻醬和碎花生一起塞到嘴裡，又香又辣。肉片被碟子裡的蘸料中和過後，吃起來沒那麼燙人，更能好好享受。

牛肉醬辣味很足，夏瑤吃了幾口就覺得嘴裡麻麻辣辣的，趕緊喝了一口冰鎮過的桂花酒釀。剛釀了沒幾天的米酒柔和適口，甜味多過酒味，喝起來感覺更像飲料，十分解辣。

蝦滑下到辣鍋裡，從灰色變成粉紅色的肉球，吃起來彈牙，帶著新鮮蝦肉的鮮甜。吃了一會兒肉再吃蔬菜，清爽又解膩，夏瑤吃了幾口白菜，又為沈世安挾了一筷子，沈世安有些不情願地吃了，咕噥道：「我要牛肉。」

夏瑤笑著吩咐一旁的丫鬟。「讓大廚房再切一盤牛肉來，把年糕也一塊兒拿來吧。」

火鍋裡的年糕也是夏瑤的最愛，府裡的年糕都是自家做的，手打的糯米年糕又香又糯，放涼了之後是硬的，切成薄片再進鍋裡燙一下，就會恢復柔軟的口感。

夏瑤為自己盛了一碗年糕片，年糕吸足了火鍋裡的湯汁，一口吸進嘴裡，軟軟滑滑的，滋味十足。

一頓火鍋吃完，夏瑤整個人從內到外暖和起來，喝了口桂花酒釀對沈世安道：「可惜只有我們兩個人，要是人多一些，還可以多準備些菜式。」

「過段日子要秋獵了，」沈世安說道：「年年秋獵都吃烤肉，實在是沒意思，到時候我們就把火鍋帶著吧。」

「秋獵？」夏瑤來了興趣，連聲問道：「去哪裡秋獵？什麼人去？獵什麼？」

「有個專門的獵場，離京城有些遠，一般都會去好幾天，」沈世安笑著回答她。「除了朝中有事走不開的，其他一些近臣家眷都會去，還挺熱鬧的，那邊養了不少專供狩獵的動物，妳喜歡吃什麼？」

「妳喜歡吃什麼」……夏瑤品味了一下這句話，深深嘆了口氣。顯然古裝影視劇中，男主角為女主角特地抓來活的小兔子或小狐狸的場景，在他們兩個人之間是不可能發生了，沈世安大概覺得所有到她手裡的東西，最終都會變成一道菜吧。

「兔肉好吃，不過要是吃火鍋的話，最好是大型動物。」夏瑤想了想，說道：「獵場能釣魚嗎？新鮮的魚片也好吃呢，雖然你們吃烤肉吃厭了，不過若是有野雞的話，烤雞味道也不錯。」

沈世安點點頭，回道：「好，我記下了。」
夏瑤猶豫了一下，還是開口問道：「王爺也參加嗎？」
沈世安挑了挑眉說：「妳到時候看著就是。」

王秋語在夏瑤那邊吃了癟，一出茶樓就讓人趕著馬車直接去了宮裡。
「妳怎麼來了？」皇后有些驚訝地說：「本宮不是說了，妳一個未婚的姑娘家，別老是往宮裡跑，就算妳是本宮的妹妹，其他人也總會有想法的。」
「我喜歡的是瑞王爺，還有人不知道嗎？」王秋語毫不在意地坐下道：「他們不會以為我想進宮吧？」
「慎言。」皇后在她對面坐下，招呼人送點心上來，說道：「這是上次端王妃叫人送進宮裡來的，味道的確不錯，她說這個叫奶油餅乾。」
「又是端王妃，你們為什麼都喜歡她，她有什麼好的！」王秋語剛剛被夏瑤氣完，進了宮居然又從自己姊姊嘴裡聽到她的名字，頓時更火大了。
皇后剛捏起一塊餅乾，聽她這麼說，微微皺了皺眉道：「妳是不是又去找人家胡鬧了？」
「我……」王秋語一時語塞，隨即轉開話題。「姊姊，妳知道那個夏瑤多討厭嗎，她竟然讓世安哥哥給她剝瓜子！而且她還威脅我……反正她根本就不像你們說的那麼好！」

皇后不贊同地搖搖頭道：「她和王爺怎麼相處是他們的事，和妳無關。」

「姊姊，妳怎麼也這麼說?!」王秋語委屈地說道：「明明是我先喜歡世安哥哥的，夏瑤憑什麼和他成親，就因為那個道長說的話嗎？可是世安哥哥的眼睛也沒有變好啊！」

皇后嘆了口氣，無奈地看著眼前的妹妹。

王秋語是家中的么女，向來不需要承擔太多責任，家裡只有她們兩個女兒，她進了宮之後，家人的寵愛就全落到了這個幼妹身上，也慣得她越發天真和唯我獨尊。

「秋語，妳有沒有想過，世安這樣驕傲的性子，如果和瑞王妃貌合神離，會在兩人獨處的時候給她剝瓜子嗎？」皇后柔聲問她。

王秋語愣住了，遲疑地說道：「姊姊，妳這是什麼意思？妳是……妳是說世安哥哥喜歡那個女人？」

皇后憐憫地看著她，說：「妳為什麼覺得世安不喜歡她？而且他們如今已經是夫妻了，妳總去招惹人家做什麼呢？」

「世安哥哥……世安哥哥怎麼會喜歡別人？」王秋語猛然站起來說：「他向來都不

喜歡別人，他以前親口說過，那些姑娘都很煩人！」

「那就是他現在覺得王妃不煩人。」皇后說道：「妳和他從小就認識，何曾見過他對不喜歡的人有過好臉色？妳覺得他難道是為了顧著王妃的面子，才對她事事依從的？」

「可是我聽別人說過，瑞王爺夫婦在王府都是分開住的。」王秋語似乎是抓到了什麼把柄，繼續質疑道：「如果世安哥哥不討厭她，為什麼不和她住在一起？」

「我說過，這是他們之間的相處方式，和妳沒有關係。」皇后語氣變得嚴厲了些。「這種亂七八糟的市井八卦，也是妳能拿到本宮面前來說的?!」

「我……」王秋語也知道這種事情不該亂傳，可她內心深處總是希望沈世安和夏瑤之間沒有感情，是為了那個所謂的「天機」才勉強在一起，這樣她就能心安理得地繼續喜歡沈世安，甚至覺得自己可以變成把他從壞女人手裡救出來的人，但是……如果他根本不需要她「解救」呢？

「妳知道世安的個性怎麼樣。」皇后說道：「他如今多少看在本宮的面子上，對妳格外寬厚些，要是妳再這般針對王妃，保不齊哪天他就親自開口罵妳了。」

王秋語見識過沈世安對那些女子有多麼不假辭色，尤其是那位外邦公主的事，簡直是震驚朝野，若是讓沈世安這麼對她說話，她不如去死算了。

「行了，妳也不小了，該懂事了。」皇后拿起桌上的碟子道：「吃一點吧，吃完就回家去，沒事別老往宮裡跑，妳以為自己還是那個七、八歲的小丫頭嗎？妳比瑞王妃還年長一歲呢。」

王秋語不太甘願地拿起一塊奶油餅乾——餅乾是淺黃色的，看起來像朵小花。王秋語從未見過這種模樣的點心，她小心地咬了一口，餅乾鬆軟，輕易地在嘴裡化開，有著濃郁醇厚的奶香味。她吃完一塊，忍不住又伸手去拿。

「味道很好吧？陛下也很喜歡。」皇后說道：「宮裡的御廚們一直不知道怎麼使用奶油和鮮奶油，陛下便拿去給瑞王妃試了試，的確沒有讓人失望。」

王秋語「哼」了一聲，道：「她還算有點長處。」

皇后喝了口茶，又捏起一塊餅乾道：「妳總不能一直這麼荒唐下去，也該考慮一下自己的將來了，好在妳是本宮的妹妹，又用不著進宮，擇婿上能多點自由，平日就多注意些吧。」

「什麼？我不要！」王秋語轉過頭說：「那些男人我沒一個看得上的，沒有一個比得上世安哥哥的萬分之一！」

皇后想說些什麼，又把話嚥了回去。罷了，這個妹妹現在滿心滿眼都是沈世安，壓根兒聽不進別人的話，改天再說吧。

第二天一早，沈世安吃過早飯便打算進宮，夏瑤攔住他，道：「你還真的要去和陛下說啊？這點小事鬧到陛下那裡也太誇張了。」

在夏瑤的認知裡，只有朝中大事才能拿到皇帝面前說啊！

「是他自己要我多回宮看看他的。」沈世安理所當然地說道：「再說，我和他打聲招呼就是表示要息事寧人，若是換成我自己和王姑娘說去，這件事才真是鬧大了。」

夏瑤想起以前他回絕人家公主時差點引發兩國衝突，不由得搖了搖頭道：「嘖，禍水，你去吧。」

沈世安一時沒聽清楚，問道：「什麼？」

「沒什麼。」夏瑤趕緊說道。想了想，又叫住他。「你等等，幫我帶點東西進宮。」

「青梅酒和櫻桃露，上回皇嫂和淑太妃都說喜歡，你再帶幾瓶去。」夏瑤邊指揮著人收拾東西，邊說道：「還有藤椒牛肉醬，皇嫂和陛下都說很是開胃。對了，公主似乎很喜歡牛奶凍，也帶些去吧，和皇嫂說一聲，公主年紀小，一天吃一盒就行，這裡有三盒，放在冷庫裡能保存三天，時間長了就不要再吃了，會吃壞肚子的。」

沈世安聽著夏瑤忙碌又嘮叨的聲音，心底有些歡喜，又有些嫉妒地說：「他們喜歡什麼，妳倒是記得清楚。」

夏瑤挑了模樣好看的牛奶凍交給底下人打包，回身道：「你喜歡什麼我難道不清楚嗎？倒是你不知道我喜歡什麼吧？」

沈世安看不見，夏瑤覺得他肯定不會知道自己比較常吃什麼東西，然而他只是思考了片刻就說道：「妳喜歡有奶味的東西，平日的下午茶，五天裡有三天都是帶奶味的點心，妳也會喝奶茶。」

夏瑤愣了一下，她做下午茶時都是想到什麼就做什麼，倒是完全沒發現這個習慣，她還一直覺得自己沒什麼特殊的偏好呢，沒想到沈世安竟然細心地注意到了這些，一時不由得有些感動。

見她沒有反應，沈世安在一旁得意道：「我說對了。」

「不對，」夏瑤走到他面前說道：「你不知道我最喜歡的是什麼。」

沈世安表情一僵。他能從下午茶的頻率中猜出夏瑤的偏好，但她最喜歡什麼，他看不見，自然也猜不到，只好虛心地問道：「那妳最喜歡什麼？」

夏瑤笑著踮起腳，湊到他耳邊輕聲道：「我最喜歡你呀。」

沈世安被這句話驚得在原地愣了半晌，好不容易才慌亂開口道：「妳、妳什麼？我……」

雖然夏瑤的確是存著逗弄沈世安的心思，但這話說完自己也有些臉紅，便推著他往馬車那邊走，說道：「上車吧，你不是要去宮裡？」

第二十六章　啟程秋獵

沈世安被夏瑤推著上了馬車，一面忍不住埋怨她總是這樣逗他，一面則是覺得有些茫然，而這茫然之中又隱約生出了些陌生的欣喜。

他不是沒有被人說過喜歡，喬公公喜歡他、那個外邦公主喜歡他，甚至王秋語也是，然而每一次回憶起那些被人喜歡的種種，他都打從心底感到煩躁不已。那流連在他臉上的目光，透著濃濃的占有欲，彷彿只要他露出一絲妥協的意思，他們就會把他吞吃入腹，那種厭惡感讓他再也不輕易出現在人前，雙目失明之後就更不用說了。

正因為如此，當皇兄為了那個道長說的話而讓他和夏丞相的女兒成親時，他心底是慶幸的。他聽說過那個小姑娘，夏丞相捧在手掌心裡的女兒，因為身體不好，一直臥病在床。

這樣就行了，那時候他想著，他們可以做一對表面上的夫妻，他會照顧好那個體弱的小姑娘，不必再擔心有人想將他據為己有，沒人會發現他內心深處對親密關係的恐懼。

不過在那之後不久，他就意識到夏瑤和他是同一類人，雖然他察覺到那小姑娘從第一天開始就喜歡自己，可她依舊時刻保持著兩個人之間的距離，明明喜歡，卻又不願意更進一步。

他不知道一個被父母跟家人寵愛的小姑娘為什麼和他一樣排斥親密關係，但是這種距離感讓他很舒適，連帶著對她興之所至的逗弄也不那麼討厭，因為他知道，只要自己表現出一點抗拒的意思，那小姑娘就會立即退開，彷彿他是什麼易碎品似的，禁不得一點壓力。

在夏瑤身邊，他覺得很安心，安心到甚至願意暴露一點真實的自己，那個從母妃離開人世後就沒怎麼出現過的沈世安。

可是今天是什麼情況？為什麼夏瑤會親口說出喜歡他？是像那些人一樣的喜歡嗎？那種厚重到讓人窒息的情感？

他又想起那個外邦公主看見他吩咐宮女去做事時的表情，跟她說的話。

「別對著別人笑。」那公主說：「我不喜歡別人看到你笑的樣子，以後誰看到你笑，我就把那個人的眼珠子挖出來！」

但他又覺得夏瑤不會變成這樣，她說的「喜歡」，似乎和那些人是不一樣的……

沈世安一路上都在思考這件事，直到進了宮，到了陛下的宮殿時還在迷茫。

「這是怎麼了？」沈澈看著弟弟難得失神的樣子，還以為出了什麼大事，心頭一突，問道：「出什麼事了？」

「我帶了些東西來，青梅酒和櫻桃露是給皇嫂與淑母妃的，藤椒牛肉醬是給皇兄的，還有牛奶凍，王妃說一天只能給倩兒吃一盒。」沈世安照著夏瑤的吩咐說道。

「喔，藤椒牛肉醬，」沈澈欣喜道：「這東西味道的確好，你皇嫂不太能吃辣，又忍不住每次都要和朕搶，真是煩人。」

沈世安點點頭，又說：「告訴皇嫂，牛奶凍只能放三天，過了這個時間就不要讓倩兒吃了。」

收到好東西，沈澈先是笑著點頭應了，又狐疑道：「你進宮就是為了和朕說這個？你什麼時候會和朕說這些家常小事了？」

沈世安進宮最主要是為了說王秋語的事，然而現在他的思緒全部被夏瑤方才那句話占滿，一時竟然想不起來。

從小到大，沈澈還是第一次見到弟弟這般茫然的樣子，緊張道：「還有什麼別的事？你快說吧，你要急死你皇兄啊？」

「王妃說她……」沈世安猶豫著開口道：「說她喜歡我。」

沈澈一愣，難以置信地說：「就因為這個？你進宮就是為了和朕說這個？」

只見沈世安皺著眉，萬分疑惑道：「她為什麼喜歡我？我還以為她和別人不一樣。」

「什麼別人？她喜歡你不是正常嗎……」沈澈話說到一半，突然想起沈世安之前的經歷，恍然大悟道：「喔……」

沈澈不知道要怎麼告訴自己的弟弟，不是每一個人的喜歡都那麼熱烈和扭曲，其實大多數人喜歡別人的時候都是正常的，是因為你以前太嚇人了，所以那些正常人壓根兒不敢到你面前表達自己的喜歡，只有一些怪人敢！

「那你現在是什麼感覺呢？」沈澈問道：「你要開始討厭王妃了嗎？」

沈世安搖搖頭說：「很奇怪，我不討厭她，我覺得她和別人還是不一樣。」

聞言，沈澈一挑眉，覺得這事有意思了起來，又問道：「王妃說喜歡你，那你說什麼了？」

「我沒說什麼啊，」沈世安理所當然道：「我又不討厭她，為什麼要說她，她講完我就進宮了。」

沈澈一時無語，心想：朕都要同情夏丞相這閨女了，造孽啊，怎麼就跟你成親了呢?!

見自家皇兄沈默不語，沈世安臉上寫滿了迷惑。

行。

感情上的事，別人幫不了忙啊！沈澈覺得還是得讓這兩個孩子自個兒慢慢磨合才行。

「這事朕幫不了你，」沈澈說道：「你得自己想明白是怎麼回事，既然你不討厭王妃，那照以前的模式相處就是了。」

「不要緊嗎？」沈世安問道：「一般來說，不是都會希望心意得到回應嗎？」

「唷，你還知道這個呢？」沈澈笑起來，說道：「你照自己的想法做就行了，朕覺得王妃一個正常姑娘，能喜歡上你這種人，承受力應該超乎常人。」

沈世安沈默了片刻，最終還是決定忽視自家皇兄話中的深意，被開導了一下，他突然想起進宮的理由了，說道：「啊，對了，王姑娘。」

「王姑娘？你說秋語那丫頭？她又做什麼了？」沈澈聽到這名字就有些頭疼。

「你叫皇嫂管管她吧，」沈世安皺眉道：「別總去招惹王妃，她下回要是再來，即便是為了皇嫂，我也不會忍著了。」

「怎麼，王妃生氣了？」沈澈問道：「竟然還勞動你特地為這件事進宮一趟。」

「她倒是沒有生氣，」沈世安想了想，回道：「是我覺得這樣不好，畢竟王妃是我的妻子，不該由別人質疑她和我的相處方式。」

居然真的有長進，知道照顧別人的感受了！沈澈欣慰地點點頭說：「好，朕會和皇后說的。」

沈世安裝了一肚子的疑惑過來，又帶著一半的疑惑離開了；至於沈澈呢，他立即放下手裡的政務，迫不及待地去找皇后分享這個最新的八卦了。

回程途中，沈世安都在深思，心想自己該如何以「以前的模式」回去面對夏瑤，然而一回府卻發現夏瑤去了點心鋪子，不由得有些失落，覺得自己心理建設都白做了。

今日鋪子裡沒什麼事，夏瑤想到過一段時間就要跟著沈世安去參加秋獵，便多囑咐了店裡的人幾句，所以回到府裡時天色有些暗了，阮師傅自然也已經準備好了晚飯。

沈世安對待夏瑤的方式看起來和平時一般無二，她挾了一筷子咕咾肉放到他碟子裡，心想王爺果然完全沒有開竅。

想來也是，他這樣條件的人，即使身處古代，向他表達愛意的人肯定不會少，一句「喜歡」對他來說大概過於普通了些，還不如她平日對他摸摸碰碰的，還能看到些可愛的反應呢。

沈世安挾起碟子裡的咕咾肉塞入嘴裡——食譜是夏瑤給的，做的人則是阮師傅，味道的確不差，但終究比不上夏瑤親手做的好吃。他有些食慾不振地嚥下那塊肉，覺得要按皇兄說的照「以前的模式」相處也太難了些，要是他能看到夏瑤的表情就好了，他實在不知道自己和原先的態度是不是一樣。

「不喜歡這個嗎？」夏瑤注意到沈世安吃得不多，連自己挾給他的肉都沒吃完，這在以往可是不多見的。想了想，她說道：「今日太晚了，明天我會早些回來，做番茄燉牛腩給你吃怎麼樣？」

同樣是酸甜菜系，沈世安更喜歡酸甜味偏淡一些的番茄燉牛腩，不過咕咾肉他也挺中意的，只是今日阮師傅糖似乎放多了點，有些讓人沒了食慾。

沈世安點點頭道：「好。」

夏瑤很中意他乖巧的樣子，又問道：「還有別的什麼想吃的，我明天一起做吧。」

沈世安想了想，說道：「乳酪餅。」

「你倒是很喜歡那個餅。」夏瑤笑道：「明天換個吃法吧，做乳酪豬排吃！」

對沈世安說喜歡那件事徹底被夏瑤拋在腦後，幾天之後，他們便出發去秋獵了。

獵場離京城有段距離，又是在空曠的地方，夏瑤備了不少保暖的衣物跟幾件薄斗篷，萬一到時候突然冷起來，郊外可沒地方買這些東西。

夏瑤想像中的秋獵，就是一群人在獵場圍堵圈養的獵物，然後睡在臨時的帳篷裡，誰知到了秋獵的地方，她才發現他們住的是修葺完善的行宮，壓根兒就不需要擔心住所過於簡陋的問題。不過這也合理，勵國並不是什麼窮苦的國家，獵場也是陛下和皇子們年年固定要來的場所，確實沒必要搞得過於憶苦思甜了。

行宮面積很大，夏瑤和沈世安被分到一處離沈澈不遠的住處，沈世安進了院子就對夏瑤說道：「院子裡這棵桂花樹還是我小時候種下的。」

桂花開得熱鬧，連帶整個院子都是濃郁的香氣，夏瑤一聽是沈世安種的，頓時覺得這棵樹的桂花都比其他樹上的好看些，金燦燦的，讓人心生滿足。

「等一下在地上鋪個席子，把掉下來的桂花收起來曬乾，」夏瑤吩咐晚秋，道：「回去的時候可以做桂花糕吃。」

「現在不能做嗎？」沈世安問她。

「桂花要曬乾，這樣蒸的時候才更能激發出香味來。」夏瑤和他一起進了屋子裡，問道：「這是王爺以前住的地方嗎？」

「嗯，我從八歲之後，每回過來都住在這裡。」沈世安摸索著打開一個櫃子的抽屜，從裡面拿出東西來。

「是什麼呀？」夏瑤好奇地探頭去看。

「彈弓，幼年時我自己做的。」沈世安把東西遞給她。「妳試試。」

這副彈弓做得很用心，三叉型的架子打磨得極為光滑，不知道是什麼木材，拿在手裡沈甸甸的，感覺很牢固。夏瑤試著拉了一下上面的皮筋，擔憂道：「不會打到手吧？」

「不會，妳害怕的話，輕一點拉開就行，」沈世安從抽屜裡拿了一小把圓潤的石子給她，說道：「用這個。」

夏瑤將石子搭在皮筋上，收著力拉了一下，沒拉動，她又稍稍加了些力氣，皮筋還是沒太大的動靜，她狐疑地拿下石子看了看，說道：「這是不是時間太長了，都沒有彈性了呀？」

「不會啊，我去年還用過呢。」沈世安伸手接過彈弓，輕輕鬆鬆就把上面的皮筋拉得很長，還說道：「挺好的呀。」

夏瑤一臉尷尬道：「算了，我不玩了。」她將石子遞給他，說：「還是你玩吧。」

「這個可能太緊了，我等一下給妳做一個新的筋。」沈世安接過她手裡的石子，在手上拋了兩下，問道：「妳說野雞能烤著吃，那野鳥行嗎？」

「也行啊。」夏瑤問道：「哪裡有野鳥？」

「來，」沈世安拉著夏瑤走到院子裡，把手杖遞給她。「妳拿著。」

夏瑤握著沈世安的手杖，仰頭看他側耳聽了一會兒，隨即舉起彈弓拉滿弦，迅速將石子打了出去。

那石子發出破空之聲，「咻」的一下沒入了遠處的樹叢裡，隨後就聽到撲翅膀的聲音，有什麼東西掉進了樹叢裡。

「打中了！」夏瑤驚喜地跳起來喊道：「我去撿我去撿！」

沈世安聽著夏瑤高高興興地從院門出去了，半晌後，外面傳來迷茫的聲音。「咦？怎麼找不到？」

在樹下茫然地找了一圈，夏瑤聽見旁邊的走廊裡有人說話。「一擊必殺，又是瑞王爺吧？」

夏瑤走了過去，就見走廊上有兩個人，其中一個手裡拎著一隻正在滴血的野鴿子，她打量了一下，發現有個人是她認識的——康平王世子沈逸。後來她才知道沈逸的年齡比沈世安小，那麼自己就是他的堂嫂了。

「世子，」夏瑤走上前去，說道：「那鴿子是我的。」

「瑞王妃！」沈逸見到是她，連忙先請安，又道：「我正和徐侍郎說呢，這手法一看就知道是瑞王爺，果然妳就來了。」

夏瑤見到徐侍郎身上的衣服，心想他應該是兵部的人，微微點頭打了個招呼。「徐侍郎。」

「瑞王妃。」兵部侍郎徐凡也朝她行禮。

三個人正說著話，便聽到不遠處有人問：「阿瑤，妳找到了嗎？」

夏瑤回頭見到沈世安走出來了，忙過去扶住他，道：「找到了，是隻野鴿子呢，讓康平王世子撿到了。」

「世安，」沈逸笑著和他打招呼。「厲害呀，又是正中腦袋，我真想不出來你是怎麼做到的。」

「眼睛看不見，耳朵就會很靈敏。」沈世安說道：「你旁邊是誰？」

「下官就猜到王爺又聽見了。」徐凡走上前拍了拍他的肩膀，看起來和他很是熟稔地說道：「這回秋獵，下官一定要和王爺一較高下，身為兵部侍郎，居然回回比不過王爺，真是愧對提拔下官的陛下。」

「徐凡？我以為你這次不來呢，不過你就算贏了我又怎麼樣，」沈世安看起來也因為他的到來而心情愉悅，調侃道：「你有本事贏我皇姊啊！」

徐凡神色一凜道：「算了，誰比得過長公主啊，把她惹毛了，明年來我們都沒東西好獵。」

夏瑤好奇道：「皇姊很厲害？」

「自從她被先皇允許參加秋獵之後，就沒人能贏過她。」徐凡神色中頗有幾分崇拜，說道：「先前還有人質疑是不是因為她的身分，所以其他人讓著她，後來自己上場和她比試一番，就心服口服了。」

「哇！」夏瑤腦袋中的沈玉形象更加帥氣了，她不禁讚嘆道：「不愧是想當將軍的公主！」

「這野鴿子你們打算怎麼辦？」沈逸示意了一下自己手裡提著的野鴿子道：「今天肯定沒辦法燒烤，明天才開始狩獵呢，要送去御廚那裡嗎？」

「不用，用烤爐烤就行，這樣也很好吃。」夏瑤伸出了手，見那野鴿子還帶著血，頓時有點不好意思地縮回手道：「世子能不能幫我送回院子裡？做好了分你一點。」

「你們要自己做？」沈逸有些狐疑地說：「不用吧，難得秋獵，可以蹭一下御廚做的料理，我可是一整年都在盼著這幾天。」

「要自己做，你幫我送去就是了，」夏瑤說道：「感興趣的話晚上可以來嚐嚐。」

沈逸雖然很懷疑，不過還是幫夏瑤送過去了，又問道：「對了，你們這回帶酒了嗎？上回那個桃花酒還挺好喝的，我能不能來蹭點酒？」

「這回帶了桂花酒釀和桃花酒，世子要喝的話就過來。」夏瑤說道：「不過量不多，你們可別告訴別人。」

「那是當然，我還想多喝幾杯呢！」沈逸用手肘推了推徐凡，道：「晚上和我一塊兒來吧，你沒喝過瑞王妃釀的酒吧？味道特別好！」

聽沈逸這麼說，徐凡便看向夏瑤，只見她無所謂地說道：「添雙筷子罷了。」

徐凡這才拱了拱手道：「那就恭敬不如從命了，多謝瑞王妃。」

聽見兩個人都離開了，沈世安才說道：「徐侍郎是我幼時的好友，性情直率，和他說話不用拐彎抹角地猜心思，比較輕鬆。」

夏瑤回想了一下徐凡的樣子，看起來的確是個非常耿直的人，笑著說道：「是和世子差不多的性格呀。」

沈世安皺眉想了想，說道：「確實是，不過我一直覺得沈逸會那麼直率是因為腦子不好使，想繞點彎都沒辦法。」

夏瑤聽著這評語，心想：王爺，我看你也挺直率的……

第二十七章　親密共乘

因為本來就打算自己開小灶，阮師傅便也跟著一塊兒來了，這會兒夏瑤倒是省事不少，吩咐廚房晚上做幾個拿手的菜，又叫人把野鴿子處理好了醃上。

脆皮鴿是廣式料理，夏瑤一邊為鴿肉刷上醬料，一邊就想到了同樣是廣式的一道點心：白糖糕。

好的白糖糕甜而不酸，Q彈爽口又不黏牙，夏瑤前世走了不少門路才掌握到製作的精髓，這會兒想起那涼滑清甜的口感，倒真有些懷念了。

廚房就有現成的米粉，不用泡了再磨米漿。米粉加白糖，用溫水和開攪勻，在鍋裡一邊攪拌一邊加熱，直到變得有些黏稠時，就離火放涼。

待米漿溫熱不燙手了，加入些做饅頭用的酵頭，攪拌均勻之後放在灶臺邊上發酵。如今氣溫低，但灶臺邊還是熱得如同夏天似的，一個時辰不到，米漿上就會出現一層綿密的泡沫，聞起來有股淡淡的酒香，但一點也不發酸。這時候稍微攪拌一下，去掉上面的氣泡上鍋蒸熟就行。

這頭蒸著白糖糕，另一頭鴿肉也醃漬好了，被夏瑤順手送進了烤爐。

天色漸漸暗下來的時候，沈逸和徐凡便過來了，還順手帶了些御廚做的菜。剛走到門口，他們就聞到院子裡飄出的濃郁香味，沈逸吸了吸鼻子道：「什麼味道啊，好香！」

徐凡也聞到了，讚嘆道：「難怪王爺要開小灶，原來是身邊有廚藝高手，這可比御廚做的菜香多了。」

「王爺、王妃，我們來了。」沈逸一步跨進院子道：「今天御廚做了烤魚和紅燒肉，我看著味道不錯，就帶過來了。」

夏瑤差人接下兩道菜餚擺在桌上，問道：「你們喝桂花酒釀還是桃子酒？」

沈逸突然間犯了選擇困難症，坐在那兒猶豫不決，夏瑤心下了然，讓人先倒了桂花酒釀，說道：「兩種都嚐嚐好了，這酒不醉人的。」

桂花酒釀泛著乳白的色澤，聞起來有股沁人的桂花香氣。沈逸端起杯子嚐了一口，口感綿和、甜滋滋的，入喉之後才泛起些許酒氣，的確是不醉人。

「剛剛那隻野鴿子呢？」徐凡喝了一口酒問道。

「在這兒呢，做了脆皮鴿。」夏瑤指了指中間那道被切成小塊的脆皮鴿，然後先為沈世安挾了一塊。

脆皮鴿外面泛著油亮的醬色，皮裡的油脂已經被烤出來了，本就薄薄的外皮變得酥脆，咬下去還有股焦香，裡面的肉被醃漬得入了味，肉質極嫩，裹著鮮美的肉汁，嚼了幾下就消失在嘴裡，一點也不乾柴。

「要是覺得味道太淡，可以蘸一下這個，」夏瑤指了指旁邊一碟粉料說道：「是孜然和椒鹽粉。」

徐凡撕下一塊鴿子腿肉，稍微在碟子裡蘸了蘸後放入嘴裡，香料的氣味拌著肉香在嘴裡爆發，又是不一樣的美味。

「王爺，您這廚子可不一般啊，」徐凡忍不住讚嘆道：「光是這碟蘸料，就把御廚給比下去了，這是上哪兒找的廚子？是陛下賜給您的嗎？」

沈世安笑著說道：「的確是陛下親賜。」

「唉，陛下果然還是對你最好。」沈逸嫉妒道：「是哪家的啊？」

沈世安喝了口酒，回道：「夏家的。」

夏瑤偷偷在桌下踢了他一腳，沈逸還在思考，喃喃道：「哪個夏家？我沒聽說過這家啊，按理說有這種手藝，應該很出名才對。」

徐凡已經反應過來了，驚訝道：「莫非是……王妃？」

夏瑤點點頭道：「是我。」

沈逸大驚小怪地嚷嚷起來。「王妃竟然有這樣的手藝？世安你都沒告訴過我，還是不是好兄弟了！」

沈世安沈下臉來，皺著眉說道：「怎麼，告訴你以後，你還想讓王妃給你做飯不成？」

他臉色一變，沈逸就慫了，咕噥道：「我就想來蹭點也不行？」

夏瑤拍了拍沈世安的肩，對沈逸說道：「世子若是喜歡，明天晚上可以過來一起吃火鍋，人多熱鬧些。」

沈逸立即笑逐顏開道：「還是王妃好，那我們這幾天就叨擾了。」

吃得差不多時，夏瑤吩咐道：「把點心拿上來吧，酒換成桃花酒。」

比起桂花酒釀，桃花酒的口感清爽一些，配白糖糕更合適，沈逸捂著肚子糾結道：「還有點心？我一點兒也吃不下了，快撐死了！」

因為沈逸方才說的話，沈世安整頓飯都在針對他，這會兒更是冷笑道：「吃不下可以不吃。」

切成菱形狀的白糖糕上撒了滿滿的黑芝麻，色澤晶瑩透亮，沈逸聞著空氣中的甜香，嚥了嚥口水，無視沈世安的話，說道：「我覺得我還能再吃一塊……」

獵場離他們住的行宮還有段距離，第二日天色微微亮的時候，沈世安就讓人把夏瑤叫起來了。

「為什麼要起這麼早啊？」夏瑤揉著眼睛被晚秋從床上拉起來，一邊打呵欠一邊配合著讓她梳頭髮。

「昨天王爺不是和您說了嗎，我們還得坐馬車去獵場，要是不早些起床，就趕不上好東西了。」

晚秋一邊說，一邊為她綰了個比平時更俐落的髮型——長髮被高高束在頭頂，只留了幾縷劉海和髮絲散下來，清爽又可愛。

「這個髮型不錯啊，比平日的舒服多了。」夏瑤左右看了看，又晃了晃腦袋。平常她的頭髮都披散下來，雖然好看，但總有些礙事。

「王妃喜歡的話，這幾天都可以試試其他盤髮。」晚秋打開櫃子，拿出昨天準備好的衣服說道：「王妃今天穿騎裝嗎？說不定要騎馬。」

之前去莊子時騎了一次馬，夏瑤一回王府就興沖沖地叫人幫自己做了件騎裝，裡面是一套帶綁腿的淺色衣褲，外面一層水紅色紗衣，輕盈又不影響行動。

夏瑤很喜歡這套衣服，點點頭道：「就這件吧，就算不騎馬，在外頭走路也方便。」

早上匆忙，來不及做太麻煩的吃食，夏瑤昨天就吩咐廚房的人準備了小餛飩。這東西皮薄薄的，裡面一小團肉餡，下鍋一會兒就熟了，撈起來稍微瀝乾水，放入準備好的雞湯裡，撒上一把小蔥花，就是一碗熱呼呼的餛飩湯。一口剛好一顆小餛飩，嚼幾下就滑進肚子裡，再喝點鮮美的雞湯，整個人都精神起來了。

剛放下碗，外頭就傳來幾聲嘶鳴，沈世安側耳聽了聽，笑著對夏瑤說：「出去看看是誰來了。」

「誰啊？」夏瑤跟著他出了院門，隨即驚喜地瞧見飛星牽著踏雪和雲絮在外面等著，她不禁喊道：「雲絮？你什麼時候把牠們帶來了?!」

「我們出發的時候，我讓飛星去了趟莊子。」沈世安一伸出手，踏雪就樂顛顛地小跑了過來，他摸了摸牠的頭說道：「總要給個機會讓牠們跑跑，再說難得來秋獵，妳不想騎馬嗎？」

當然想了，不然怎麼會穿騎裝呢？夏瑤低頭看了看，覺得自己今天打扮得格外好看，然而面前的人不僅不知道她今天穿什麼，甚至不知道她的長相，想到這裡，她忽然有些失落。

半晌沒聽到她回答，沈世安往她這邊偏了偏腦袋，輕聲呼喚道：「阿瑤？」

夏瑤回過神來，笑著迎上去說道：「那我們走吧。」

雲絮依舊非常穩重可靠，夏瑤騎著牠稍微走了一會兒，覺得自己不會摔下去，就拍了拍雲絮，讓牠稍微走快一些。

一路上有不少騎馬趕往獵場的，也有家眷乘坐馬車的，他們出發沒多久，沈玉就騎著馬追了上來，和他們打了聲招呼，又風一般地跑走了。

踏雪嘶鳴了一聲，蠢蠢欲動地也想往前跑，卻被沈世安拉住了。

「讓牠跑吧，」夏瑤說道：「望月陪著我慢慢走就行，按著我的速度到那裡，皇姊估計都打完一輪獵物了。」

沈世安撫了一下躁動不安的踏雪，突然問道：「妳想不想跑一段？」

「我？」夏瑤先是心動，隨即覺得還是保命要緊，趕緊拒絕。「我就算了，萬一掉下來怎麼辦？」

「妳到我這兒來，」沈世安伸手道：「我帶著妳跑，讓雲絮跟著。」

有這種好事？夏瑤眼睛一亮，懷疑沈世安根本沒意識到兩個人一起騎馬是什麼情形，連忙答應，生怕他反悔。

踏雪比雲絮高一個頭，不用夏瑤下馬，沈世安一手扶著她的手臂，另一隻手托著她的腰，一把就將她抱到了踏雪背上。

「沒關係嗎？」夏瑤有些擔心地問道：「會不會太重？」

「踏雪比其他馬結實很多，」沈世安說道：「何況妳就這麼點分量，還沒有一套盔甲重。」

秋日的清晨有些寒意，夏瑤方才坐在雲絮背上還覺得冷，這會兒整個人窩在沈世安懷裡，所有的寒意都被逼退了，不由自主地往後面靠了靠，清晰地聞到身後那人身上冷冽的香氣——她總覺得沈世安的味道很像夏日裡冰鎮過的水果，帶著清涼爽快的淡香。

因為夏瑤的靠近，沈世安的身體瞬間僵硬，姑娘家暖暖的甜香一下子衝進鼻子裡，讓他有點招架不住，偏偏夏瑤還回頭對著他的下巴說道：「王爺，不跑嗎？」帶著暖意的呼吸往脖子噴去，沈世安覺得自己的臉頓時熱了起來，他按著她的頭頂讓她轉回去，說道：「妳坐好，這就跑了。」

夏瑤偷笑了一下，假裝沒看到他突然紅起來的耳根。不過真正跑起來的時候，她那些旖旎的想法全都沒了。

踏雪一聽沈世安讓牠跑，便「咻」地竄了出去，夏瑤在那一瞬間感受到久違地坐上雲霄飛車的感覺，半聲尖叫憋回了喉嚨裡，緊緊地拽住了沈世安的袖子。

察覺到她的慌張，沈世安拉了一把韁繩道：「踏雪，慢一點，嚇到王妃了。」

踏雪有些不情願地慢了下來，不過還是比剛剛雲絮的速度快很多，風從耳邊呼嘯而過，周圍的一切似乎都模糊了，只剩下往前飛速奔跑的快感與沈世安穩穩支撐著她手臂的安心感。

「好玩嗎？要不要再快一點？」沈世安在她耳邊問。

夏瑤大聲地喊回去。「要！」

踏雪的速度猛然加快，夏瑤坐在上面，感覺牠的馬蹄壓根兒就沒有落地，彷彿飛起來似的，讓她體會到「馬踏飛燕」是什麼感覺。

到了獵場，夏瑤被沈世安從馬上扶下來，覺得自己一顆心還在怦怦跳，一時平復不了。

沈世安問道：「怎麼樣？還怕嗎？」

「不怕了。」夏瑤激動道：「我想學騎馬！」

「那等過兩天有空了我就教妳。」沈世安說道：「這邊的帳篷是我們的，妳先進去休息一會兒，晚秋他們應該馬上就到了。」

他們停下的地方是休息區，早就有人準備好帳篷了，夏瑤點點頭讓他先走，隨即就聽到有人招呼道：「瑤瑤，來這裡！」

是上官燕。夏瑤笑著朝她揮揮手，對沈世安道：「你快去吧，我和燕兒待在一塊兒。」

有上官燕和望月在，沈世安便放下心來，接過飛星遞來的弓箭翻身上馬，很快就消失在樹林間。

周圍都是侍衛，不會有什麼危險，夏瑤跟著上官燕去她的帳篷，邊走邊問道：「妳怎麼不跟皇姊一起去？」

「我又不會打獵。」上官燕理所當然地說道：「妳不會以為我是兵部尚書的女兒，就會射箭吧？」

夏瑤還真是這麼想的，不過一想到上官燕平時的穿衣風格和愛好，馬上反應了過來：她的興趣的確不是習武。

雖然是臨時的帳篷，但空間並不小，裡面東西一應俱全。

聽見她們說話的聲音，旁邊的帳篷裡走出一個中年婦人，長相和上官燕有七八分相似，一看就知道是兵部尚書夫人。

夏瑤雖然和上官燕以朋友相處，但到底身分高一些，上官夫人不可能在帳中等著她過去打招呼，而是立刻迎上來微微屈膝道：「臣婦見過瑞王妃。」

「夫人不必多禮。」夏瑤扶了她一下，說道：「我和燕兒是朋友，這樣算來您還是長輩呢。」

「這可不敢當。」上官夫人笑道：「我就不打擾妳們年輕人了，王妃是第一次來吧，叫燕兒帶著妳到處轉轉，她對這裡熟悉些。」

夏瑤應了，看著上官夫人轉身回到帳篷後，她便對上官燕說道：「妳娘親好溫柔喔。」

「那是對妳，」上官燕撇撇嘴道：「誰家娘親不是對外人溫柔呢？」

夏瑤想了想自家娘親的模樣，頷首道：「也對。」

晚秋他們要坐馬車過來，吃的東西也都在上頭，剛剛踏雪跑得太快，夏瑤等了一會兒沒等到人，漸漸覺得無聊起來，對上官燕說道：「我們出去玩吧？」

「好呀，我帶妳去看他們打獵。」上官燕早就不耐煩了，聽她這麼說，立即從地毯上站起來。

「打獵過程還能看到？不是在林子裡嗎？」夏瑤有些詫異。

「當然能看到啦，」上官燕說道：「好多人都想趁這個機會表現給陛下看呢，到那邊的高臺上就行，有意表現的，會特地在高臺看得到的範圍裡待著。」

夏瑤跟著她往那邊走，問道：「那豈不是大家都在那裡？」

「外圍獵物少，像長公主跟王爺這些想多打點獵物的人，基本上不會在那裡守著。」

看見夏瑤失望的表情，上官燕安慰她道：「他們回來的時候也能從那裡看到，因為是必經之路。」

誰要看王爺騎馬啊，她剛剛還和他一起騎馬過來呢，她是想看他打獵……夏瑤仍舊有些鬱悶。

高臺有點像現代球場的看臺，整個搭建在高處，有一排一排座位。上官燕往中間的位置一瞥，就看到了一個熟悉的身影，她對夏瑤說道：「王秋語也在呢。」

夏瑤隨著她的視線看過去，果然見到王秋語坐在皇后身邊，正笑著和皇后說些什麼。留意到夏瑤的注視，王秋語看了過來，臉色隨即微微變冷，接著便若無其事地轉開了頭。

「她居然沒衝下來罵妳，」上官燕驚訝道：「進步了呢。」

「皇嫂在旁邊呢，」夏瑤說道：「她不敢下來吧。」

「這倒也是。」上官燕說道：「先上去請安吧，等會兒我們找個離陛下遠一點的地方坐。」

夏瑤點頭附和，兩個人一路上了臺階，到陛下和皇后面前請安。

「王妃今天穿得挺好看的，」皇后笑著說：「會騎馬了嗎？」

「還不太會，跑不起來。」夏瑤老實地回道。

只見王秋語「哼」了一聲，道：「騎馬有什麼難的？」

到底是皇后的妹妹，夏瑤不好當面說什麼，只得假裝沒聽見，拉著上官燕告退離開。

第二十八章 言語衝突

夏瑤和上官燕特地找了個人少的地方，然而架不住夏瑤身分尊貴，每個人向陛下和皇后請安之後，還得到她這兒來一趟，兩個人什麼都沒看到就算了，還被迫「營業」了好久，到最後都不知道自己是來幹麼的。

「要不我們還是回去吧？」上官燕有些受不了了。

夏瑤點點頭，因為一直有人來，她不得不繃緊了腰背端坐著，這會兒感覺自己的腰都快斷了。

還沒等她們站起來，又有個穿著華麗衣裙的貴婦走了過來，身後還跟著兩個年輕姑娘。

身為百事通的上官燕瞧了瞧，腦子竟然一時卡住了，待那一群主子跟奴才快走到跟前了，她才「啊」了一下，低聲道：「翰林院黎典簿的夫人，按品級輪不到她，不過今年黎典簿校注時立了功，特別嘉獎他們一家過來。」

夏瑤記在心裡，見那夫人走到面前請安，便點頭道：「黎夫人。」

「瑞王妃，這是臣婦的兩個女兒。」黎夫人側身讓後面兩個年輕姑娘過來，說道：

「快給王妃請安。」

兩個女孩年紀和夏瑤差不多，看起來有些內向膽怯，夏瑤等她們行完禮，便溫和道：「平身吧。」

本以為請完安她們就走了，黎夫人卻沒動，站在原地道：「聽說王妃最近開了間點心鋪子？」

夏瑤有些訝異她曉得這件事，但還是頷首道：「是開了一間，在凰鳴街上。」

「聽說店裡的廚師和掌櫃皆是女子？還有幾位……是不潔的？」黎夫人壓低聲音道。

夏瑤皺起眉頭說：「黎夫人在哪兒聽說的？我鋪子裡都是正經憑自己本事吃飯的女子，每個人我都送去醫館檢查過，什麼病都沒有。」

上官燕輕輕咳了一下，小聲道：「她說的應該不是這個不潔……」

黎夫人同時開口道：「王妃，臣婦說的可不是這個不潔，臣婦聽聞您店裡那位掌櫃是青樓出身，這樣的女子連進店都會被人嫌晦氣，怎麼能留她在那邊做事呢？」

夏瑤心底升出一絲煩躁，但還是耐著性子解釋道：「她不是出身青樓，只是她母親是青樓的。」

「那種女人生出來的孩子能有多乾淨？」黎夫人皺著眉說道：「何況店裡這麼多女

人，陰氣太重了，這廚師跟掌櫃啊，歷來都是男人做的，讓女人做那不是牝雞司晨嗎，多不吉利啊。」

上官燕聽完這話，一把拉住夏瑤的袖子壓低聲音說道：「不能在這兒打人，大家都認識妳呢。」

夏瑤氣極之下，竟然意外的冷靜。說實在的，穿越過來之後，很少有人能用幾句話就把她氣成這樣。

「黎夫人，」夏瑤起身微笑著說道：「妳在教我做事？」

「臣婦怎敢教王妃做事？」黎夫人笑得有些討好，說道：「臣婦只是提醒王妃一句，您年紀小，有些事可能不懂，這男人和女人可是不一樣的，女人要是做了男人的事，會影響運勢。您是王妃，影響您可不就是影響了王爺，王爺和陛下又是親兄弟，這可就是和國運相關的大事了。」

「我倒是不知道，不過開間鋪子，竟然還能影響國運了，這青樓女子的威力未免太大了些！」夏瑤板著臉說道：「倒是不知道夫人是太看得起青樓女子，還是太看不起勵國的國運？」

「王妃，女子就該安於室中，家宅才能安寧，您是王妃，更該為天下女子表率，怎能帶領一批女人，在外頭做這些離經叛道的事？」黎夫人急道：「您這樣要是讓別的年輕姑娘學了去，這天下不就大亂了！」

「我本來就要讓年輕姑娘學的，」夏瑤說道：「我們與男子同樣為人，為何只能窩在家中，無事連大門都不能出，他們卻能自由地在街上高談闊論？女子也有聰慧之人，為何只有男子能出門賺錢，女子只能從他們手中撿些殘羹？黎夫人，我店裡的女人，個個都聰敏過人，能力遠超一般男子，我不過是給她們一份可以餬口度日的工錢跟一個安身之所，到底哪裡讓妳看不過去了？」

黎夫人看起來似乎苦口婆心，又勸道：「王妃，您若是想幫她們，便為她們找個好人家，相夫教子，過上安定的日子。畢竟夫妻和睦、家庭美滿，不就是所有女人最想要的嗎，又何必讓她們在外頭做那些辛苦又上不得檯面的事？」

話不投機半句多，夏瑤不能動粗，也不想和她多囉嗦，正準備告辭離開，就聽見上方傳來一道清脆的聲音說道：「這位夫人倒是能代表所有女人了？誰說女人一心追求的就只有相夫教子，難道不能有自己想做的事情嗎？」

夏瑤心頭一震，心想這是哪位仙女，竟然和自己的想法如此相似，回頭一看後頓時愣住——竟然是王秋語！

王秋語從臺階上走下來，經過夏瑤身邊時說了一句。「我可不是幫妳，只是看不慣她說這種話而已。」

夏瑤不知道該給她什麼反應，一時沒答腔，只見王秋語走到黎夫人面前說：「妳自己腦子裡就那點破事，還以為別人都和妳一樣？有成就的女子多得是，就因為妳這種人天天一張嘴到處亂說，才讓這世上的人都覺得女子只要出門就是不守婦道，想做點事就是不安於室，真是一派胡言！何況妳算什麼身分，竟敢到王妃面前大放厥詞，可見也不是什麼好女人！」

上官燕驚訝地湊到夏瑤耳邊說：「怎麼回事，她轉性了？居然幫妳說話。」

「應該不是幫我吧，」夏瑤說道：「她本來就張揚奔放，自然看不慣別人說什麼女人只能相夫教子，加上性子直接，所以乾脆出來罵人罷了，今天若是黎夫人對別人說這種話，她也會出聲的。」

「那怎麼辦？」上官燕看了看雙方對峙的場面，說道：「我們在這裡看著還是走人啊？」

夏瑤瞄了上方一眼，回道：「皇后和陛下都在，應該惹不出什麼亂子來吧？」

上官燕點點頭，夏瑤心想這事到底是自己惹出來的，猶豫了一下，就走到被黎夫人氣得冒火的王秋語旁邊說道：「想法不是一朝一夕就能改變的，妳和她辯不出結果，自己心裡知道就好。」

王秋語轉過頭看她，說：「妳不會生氣嗎？」

「生氣啊，」夏瑤說道：「所以我打算過段日子再招幾個女子來做工。」

王秋語愣了一下，望向被夏瑤這句話刺激得表情突變的黎夫人，突然忍不住笑了，說道：「人家越看不慣妳什麼，妳就越要做什麼，說真的，是挺氣人的。」

看她們兩個人自顧自地說起話來，黎夫人忍不住要開口，卻被身後一個女兒拉住道：「娘，我們走吧，您這樣和王妃說話，要是讓爹知道了，又要生氣了。」

黎夫人瑟縮了一下，似乎很吃這一招，無奈地告退了。

王秋語見黎夫人敗退，心裡舒服了些，她看向夏瑤，抱著雙臂道：「我可不會因為妳幫了我就喜歡妳，反正妳就是配不上世安哥哥。」

夏瑤往旁邊走了一步，把她剛才的話還了回去。「我不是幫妳，我只是看不慣她。」

王秋語「哼」了一聲，夏瑤又說道：「還有，我也不喜歡妳。」

說完夏瑤就轉過身不看她了，拉著上官燕道：「走吧，我還是回帳篷裡等王爺。」

王秋語氣得跳腳，然而一時之間又想不出什麼話來反駁，只能眼睜睜地看著夏瑤走遠。

被夏瑤帶走的上官燕有些無語，心想：說實話，我覺得妳們兩個怪怪的……

臨近中午，不少去打獵的人已經回來了，像沈世安和沈玉這種跑得遠的自然不會中途返回。夏瑤早上就給他備了吃的，沈世安讓飛星找了塊平坦的地方，從口袋裡拿出兩個厚紙包，給了飛星一個。

這回夏瑤做的不是三明治，而是漢堡。原本她是想做捲餅的，但早上走得匆忙，來不及弄餅皮，她便直接從帶來的行李中拿出現成的圓麵包和牛肉餅。

圓麵包對半切開，放上幾片高麗菜，塗上微辣的醬汁；牛肉餅原本就是熟的，在鍋裡重新煎一下放上去；再切幾片起司、放上幾片番茄，最後再放一個煎蛋，蓋上頂部帶芝麻的那半個麵包，用厚紙包裹緊。這漢堡要不了五分鐘就能做好，冷掉了也沒太大的影響。

由於沈世安本來就吃得多，再考慮到打獵消耗的熱量，夏瑤這次來秋獵前準備的東西都是大份的，圓麵包大，牛肉餅也比平時的厚一些，一口咬下去，麵包和蔬菜裹著肉汁滿滿的牛肉餅，蛋白質、蔬菜和主食都有了，相當適合補充能量。

剛吃了幾口，一陣馬蹄聲傳來，只聽見沈逸的嗓音傳來。「世安，你吃什麼呢？看著比我這饅頭加牛肉乾好吃多了，是王妃給你準備的嗎？」

沈世安打開水囊喝了一口，發現夏瑤給的是檸檬蜂蜜水，清爽解渴，不由得心情大好，回道：「是麵包夾肉。」

「麵包夾肉是什麼好東西？」沈逸湊過來看，還沒看清沈世安手上拿的是什麼，倒先聞到一股濃郁的牛肉和醬料香味，他不禁嚥了嚥口水道：「這麼大一個你吃得完嗎？分我一口嚐嚐，我給你牛肉乾。」

出來秋獵，大部分人備的都是攜帶方便的餅子或饅頭配牛肉乾，以往沈世安也是吃這些，當然知道牛肉乾又硬又鹹，一點也不好吃，所以根本不搭理沈逸，低頭又咬了一大口漢堡。

沈逸見他吃得香，頓時連口袋裡的饅頭和牛肉乾都不想拿出來了，纏著他道：「分我一口，就一口。」

一旁的飛星看不過去了，他剛剛怕沈世安不夠吃，沒動自己那一份，只吃了自己帶的餅子和牛肉乾，這會兒看沈世安一直被纏著，忍不住說道：「王爺，把屬下那份給世子爺吧。」

沈逸自然不客氣，他怕沈世安阻止，趕緊搶先接過飛星手裡的漢堡，沈世安「哼」了一聲，到底不好把人家到手的東西拿回來，只得作罷。

沈逸打開包著漢堡的厚紙包，迫不及待地咬了一口。

牙齒先是感受到外層柔軟、蓬鬆又輕盈的麵包，還帶著烘烤過的芝麻香氣，隨後就嚐到牛肉餅的軟嫩多汁。牛肉餅裡加了胡椒去腥，嚥下去之後，舌尖上還殘留著麻麻辣辣的刺激感；高麗菜清脆爽口，咬得咔嚓咔嚓響。

沈逸咕噥了一句「好吃」，又咬下一口，這回吃到了番茄、起司和雞蛋。相較於前一口，融合了起司和雞蛋的牛肉餅口感更加柔和，番茄酸酸甜甜，解了牛肉餅的油膩，堪稱完美拍檔。

狼吞虎嚥地吃了半個漢堡，沈逸這才放慢了動作，感慨道：「要是回回秋獵都能吃這個，我每天都想來秋獵。」

沈世安一口接一口吃著自己手中的漢堡，速度很快，但看起來又極為優雅，他嚥下嘴裡的東西，哼道：「你想得美。」

只見沈逸過來擠在他身邊坐下，得意道：「你不樂意也沒辦法，昨天王妃可是邀請了我跟徐凡和你們一起吃晚飯。對了，我獵了隻兔子，你上午獵到什麼了？」

雖然對方是自己熟悉的人，但沈世安不習慣這種肢體接觸，他往旁邊移了移，說道：「你自己不會看？」

沈逸朝他們拴馬的地方看過去——野雞、狐狸，還有隻半大的鹿。他瞪著眼道：「這才多久啊，你就獵了這麼多，是不是人啊？」

此時沈世安終於忍無可忍，伸腿踢了他一腳道：「你快滾吧！」

他們這邊吃著漢堡，夏瑤自然也不會虧待自己。

這會兒天冷了下來，外頭也沒什麼野菜或蘑菇好採了，加上動物們要過冬，夏瑤不想去搶牠們的糧食，所以事先準備了很多東西。

長青和晚秋在帳篷外支了個支架，將一口大鐵鍋架在上面，這鍋子不是要用來燒東西，而是夏瑤要拿來做燒烤的。

鍋裡放上點燃的木炭，上面架上一個鐵絲網，就是類似現代的簡易燒烤架了。夏瑤切開帶來的南瓜，掏空內瓤，然後塗上一層奶油，切成一瓣一瓣，撒上些鹽，橫放在網架上。

牛肉是提前醃漬好的，厚厚的一整塊放在網格上，烤得差不多的時候翻個面——原本鮮紅的牛肉變成了誘人的焦糖棕色，貼著鐵絲網格的地方有深褐色的紋路，看起來格外誘人。

網架中間放了個湯鍋，裡頭是蘑菇白菜湯，湯底是之前燉的雞湯，香氣撲鼻，夏瑤打算等一下在裡面下點年糕片吃。

鐵絲網上放得滿滿的，夏瑤又拿了一串番茄出來放在最旁邊。

上官燕之前吃涼麵的時候嚐過番茄，還記得它酸甜可口的味道，見到夏瑤的舉動，她不禁詫異道：「這番茄也烤了吃？」

「烤番茄味道很好的，」夏瑤笑著說道：「一會兒妳就知道了。」

牛肉不用烤到熟透，兩面都變色之後，夏瑤就用夾子把牛肉拿下來切開，只見牛肉上下兩層是深棕色的，中間則是半熟的粉色。

上官燕問道：「這就能吃了嗎？還沒熟透吧？」

「這樣才好吃呢，全熟了就嚼不動了。」夏瑤挾了一片牛肉，蘸了些醬料送到她嘴邊道：「嚐嚐。」

他們用的牛肉本就是上等的，肉質細嫩又烤得恰到好處，帶著牛油的焦香味和肉類的多汁感，夏瑤有信心能讓上官燕喜歡。

上官燕剛嚥下嘴裡的肉，就迫不及待地拿起筷子自己吃了起來，讚道：「明明就是簡單的烤牛肉，怎麼瑤瑤妳做出來就是比別人做的好吃？」

夏瑤切好牛肉，自己也吃了一塊，此時南瓜已經烤得表面金黃，筷子一戳就透了，她便挾下來放在盤子裡，又撒了些磨碎的胡椒說：「這個也可以吃了。」

上官燕這會兒已經吃了小半盤牛肉，聽夏瑤說南瓜好了，馬上伸手挾了一塊。

烤過的南瓜綿軟香甜，因為塗了奶油，帶著一股奶香，混合著烤南瓜產生的焦糖香氣，上面的鹽粒一點也不突兀，更襯托出南瓜的甜。

番茄也好吃，烤過之後，甜味和酸味都更加明顯，水分也更充足，一顆小番茄塞進嘴裡，輕輕一抿，表皮就破了，餘下滿口的酸甜果肉和汁水，解膩又消渴。

吃得差不多了，夏瑤就把年糕片放進湯裡煮了一會兒，變軟就可以吃了。她喜歡吃稍微有些嚼勁的，如果要吃更加軟糯的，可以多煮一下，吃起來還會牽絲。

她們這頓午飯吃得晚，又過了一會兒，跑得遠一些去打獵的人陸陸續續回來了，統計獵物的大帳篷那邊時不時就傳來驚呼聲。

「有人獵到了很大頭的鹿，」上官燕跑去看了一會兒，又興奮地跑回來說道：「瑤瑤妳不去看看嗎？那隻鹿的鹿角好大！好漂亮！」

夏瑤搖了搖頭，興趣缺缺地指揮著人準備起了晚上的火鍋，不知道為什麼，從有人回來開始，她就一直心神不寧，總覺得有什麼事要發生……

第二十九章　暗箭難防

天色漸漸轉暗，幾乎所有人都回來了，然而沈世安和沈玉卻完全沒有消息，獵場上漸漸彌漫起一股不安。

「按理說，不該這麼晚還不回來的……」上官燕表情有些凝重地說道：「狩獵大多在白天，晚上林子裡危險，陛下規定天黑前一定要返回，就算走得再遠，這會兒也該到了。」

她話音剛落，皇帳那邊就傳來一陣騷亂，隨後就看見一隊禁衛軍騎著馬，一路衝進了樹林裡。

這個動靜讓夏瑤的手腕不小心從鍋邊擦過，燙得整個人一哆嗦，她心裡的慌亂更甚了，問道：「怎麼回事？」

「陛下派人出去找了，大概是等急了。」上官燕拉起夏瑤的衣袖，見她白皙的手腕上紅了一大片，忍不住皺眉道：「這是怎麼了？」

晚秋急急忙忙接了盆涼水跟手巾來讓夏瑤敷著，又要叫人去找太醫，被夏瑤攔住了。「別叫了，大家本來就心慌，再叫個太醫，還不知道會被傳成什麼樣呢，別嚇著人。」

「可王妃，這燙傷會留疤痕啊，」晚秋急道：「總得塗些藥膏吧。」鐵鍋的溫度很高，被燙到的地方火燒似的疼著，夏瑤也覺得有些難以忍受，妥協道：「那妳先去向太醫要些藥膏來吧。」

晚秋很快就拿了藥膏回來，幫夏瑤塗在被燙傷的地方。太醫的方子果然不一般，剛塗上去，灼燒感就少了一半，晚秋邊用紗布為她包紮，邊說道：「太醫說還是要去給他看看才好，總要見到傷才知道是什麼情況。」

夏瑤應了一聲，就聽見外面一陣騷動，有人驚呼道：「瑞王爺獵了一頭熊回來！」他們的帳篷離皇帳近，離林子就遠了些，夏瑤抬起頭，已經有不少人跟在那抬著熊的衛兵後面過來了。那頭熊身形巨大，應該是成年的棕熊，夏瑤離得遠遠的也能看見牠的嘴大張著，一枝箭從嘴裡穿透了上顎，從鼻子旁邊刺了出來，明顯已經死了。

即使如此，這頭猛獸的模樣還是有些嚇人，夏瑤跑過去問其中一個抬著架子的衛兵。「王爺呢？」

「回瑞王妃，王爺和長公主一塊兒去見陛下了。」扛著熊的人全都停下了步伐，那衛兵說道：「王爺說有事和陛下商量，王妃若是著急，可以去皇帳找他。」

沈世安和沈玉騎馬比衛兵們抬著熊要快不少，沒惹出什麼動靜，他們直接去了皇帳，已經抵達一會兒了。

「林子裡怎麼會有熊？」沈澈皺眉道：「秋獵的範圍早就進行過多次勘察，沒有這種大型猛獸出沒。」

沈玉給了他一枝箭，說道：「皇兄看看這個，這枝箭是在我到之前就插在熊的身上，那頭熊應該是被這枝箭惹怒，才衝著世安過來。」

接過箭，沈澈仔細檢查了一遍，說道：「沒有名號，不是這次秋獵的人用的。」

沈世安點點頭，猜測道：「會是……他嗎？」

「他？」沈澈回道：「他能逃走已屬不易，難不成還有殘存的黨羽在幫他做事？」

「百足之蟲，死而不僵。」沈世安「哼」了一聲，說道：「總有人相信他會翻身再起。」

「翻身再起？」沈澈冷笑道：「朕只恨自己那天心軟了，沒有立即殺了他，倒讓他跑了。」

沈玉道：「那看來上回踏雪的事，也可能是他了。」

沈思了一下，沈世安說道：「既然他再三對我下手，不如……」

他話還未說完，沈澈的臉色就變了，斥道：「你敢?!用自己當誘餌這種事，你做了一次還不夠？」

「我就隨口一說罷了。」沈世安自知理虧，回道：「反正他總歸是盯著我的，總不能讓我日日防著他吧？」

沈澈喘了兩口氣，平復受到刺激的情緒，繼而帶著些怒意道：「你明日就留在這裡吧，不許再去打獵了。」

「為什麼？」沈世安不滿地說：「熊都已經被我獵殺了，他總不會還有後招吧？」

「朕不管，反正你不能去，不然朕就把這件事告訴王妃。」沈澈說道。

這句話剛扔出來，就聽見外面有人通報。「陛下、公主、王爺，瑞王妃來了。」

沈世安立即說道：「不許和她說這個。」

「你明天不去，朕就不說。」沈澈完全掌握了他的心思，知道他不會讓夏瑤擔心，這會兒態度便極為悠閒。

咬了咬牙，沈世安只得回道：「不去就不去。」

沈澈和沈玉對視了一眼，得意一笑道：「請王妃進來吧。」

夏瑤一進門，就見沈世安一身的血，她還沒來得及發出驚呼，沈世安就立時開口道：「不是我的血。」

只見夏瑤鬆了口氣，匆匆向沈澈與沈玉請安，便轉過身來，恨不得將沈世安整個人從頭到尾摸一遍，關心道：「王爺沒受傷吧？林子裡怎麼會有熊？」

沈世安被她碰到手臂，猛地縮了一下，夏瑤立即察覺到了，問道：「你受傷了？」

「不小心被壓了一下，」沈世安小聲道：「過一會兒就好了。」

「被什麼壓了一下？」夏瑤扯著他的袖子追問道：「被熊嗎？」

眼看她一副要在這裡把沈世安剝光了檢查的架勢，沈澈忍不住咳了一聲，道：「朕還在呢。」

「沒什麼大礙的，回去再說。」沈世安想扯開她的手，突然又低頭聞了聞，說道：「怎麼有藥膏的味道？妳受傷了？」

「不小心碰了一下鍋子，」夏瑤道：「塗過藥膏了，就是還有一點紅。」

沈澈完全被晾在一旁，終於忍無可忍道：「行了，沒什麼事你們就回去吧，該請太醫的請太醫，該吃飯的吃飯。」

看著兩人離開，沈澈坐下翻了個白眼，見沈玉還坐在一旁，便問道：「怎麼還不走？」

「如果那個人真的是前太子，為何只盯著世安一人下手？」沈玉問道：「他也算不得什麼威脅吧，這事不是有些蹊蹺嗎？」

沈澈思索了一下，神色也嚴肅起來，說道：「的確蹊蹺。」

夏瑤出了皇帳，先吩咐晚秋去請太醫，又問沈世安。「怎麼會有熊？不是說秋獵範圍裡沒有大型猛獸嗎？」

「大概是餓極了吧，秋天本就是熊常出沒覓食的季節，可能是有人把獵物趕到這邊來了。」沈世安隨口胡謅道。

「是這樣嗎？」夏瑤皺了皺眉，總覺得有些不對勁。

沈世安的手臂是在纏鬥中被熊壓傷的，幸虧他有功夫在身，傷得不是太過嚴重，太醫開了藥油，讓他每天晚上揉一遍。

至於夏瑤的傷，太醫拆開紗布看了，燙傷的地方起了些水疱，不算嚴重，太醫為她換了藥，重新包紮起來道：「這水疱不嚴重，挑破了也疼，就等它自行消下去吧，這幾天傷處不要碰水就行。」

夏瑤點點頭，叫晚秋收拾被拆掉的紗布，只見太醫拿起藥油問道：「晚上誰給王爺揉傷？先來學一學。」

說實話，夏瑤很想擔負這個可以「占便宜」的工作，但也知道自己的力道肯定不夠，只能遺憾地看著飛星上前一步。

太醫年紀雖大，力氣倒是不小，剛揉了兩下，沈世安就皺著眉直往後躲，被太醫像螃蟹用螯攻擊人那般夾住了，瞪眼道：「這會兒知道疼了？」

夏瑤人就在旁邊，沈世安不想讓她覺得自己這麼點疼都忍不住，便咬著牙不出聲，太醫揉了一會兒，見他沒反應，疑惑道：「不疼？」

沈世安用手抓著自己的衣角，指節都有些發白了，他聲音發顫道：「還行。」

「不應該啊。」太醫有點疑惑，力道又加重了幾分。

太醫的手像是開了導航一樣，輕易就找到讓人最疼的點，痛得沈世安差點從椅子上跳起來，覺得自己的手臂比被棕熊壓住那一瞬間都疼，不禁一把按住了太醫的手。

「疼了？」太醫問道。

沈世安咬著嘴唇點了點頭。

太醫放輕了力道，邊揉邊說道：「你們這些年輕人啊，在醫者面前逞什麼強，諱疾忌醫。」

揉完一遍，沈世安的額頭都出了一層薄汗。夏瑤倒是能理解，她以前也因為受傷去找中醫治療過，傷的那瞬間不疼，醫生下手時反倒真的痛，她都懷疑是不是疼到麻木，揉完才會覺得不痛。

「行了，明天就照著這樣揉，揉兩天就好了。」太醫擦了擦手，說道：「下官就先告退了。」

肩負重擔的飛星看了看手裡的藥油，人生中第一次有了「想逃」的感覺……

雖然時間晚了些，但火鍋已經準備好了，當然得吃。沈世安被打發著先去洗澡換衣服，夏瑤則差人將火鍋鍋底煮上。

她之前要工匠打的銅鍋是鴛鴦鍋，兩邊對半隔開，一邊是香濃的大骨湯，裡頭放了香菇、木耳之類的提鮮菌類，另一邊則是麻辣牛肉湯。

火鍋的香味向來是最霸道的，湯底一滾開，濃郁鮮辣的味道就被風帶著飄散到了整個營區，眾人正吃著沒什麼味道的烤肉，一聞到這股香味，皆不由得抬頭吸了吸鼻子，討論了起來。

「這什麼味道？」

「哪家廚子在做吃的？也太香了吧！」

「是不是陛下那邊？」有人說道：「除了宮裡那幾位御廚，沒人弄得出這麼香的味道來吧？」

「應該是，好像是從皇帳那邊傳過來的味道，」旁邊的人羨慕道：「也不知道燒的是什麼好東西，你說陛下會不會賞賜些下來？」

「要賞賜也只有前頭那幾位吧。」先前說話的人回道：「誒，不是說瑞王爺獵了頭熊嗎，不會是熊掌吧？」

「你是不是傻啦？哪這麼快就能吃到熊掌？我聞著倒是有點牛肉味。」旁邊的人說著，挾了塊烤肉吃了，勸道：「吃吧，聞著這香味，烤肉都好像變好吃了呢。」

他們這邊聞著火鍋味苦哈哈地吃烤肉，皇帳裡的沈澈自然也聞到了這股香味，他問一旁的沈玉。「這又是王妃弄出來的東西吧？」

沈玉點點頭道：「應該是，她早上和我說今天要吃什麼『火鍋』，叫我一起去呢，說人多熱鬧。」

沈澈眼睛一亮，說道：「那朕也……」

「不行！」沈玉連忙阻止。「皇兄身分尊貴，哪能和我們在一個鍋裡吃東西呢！」

沈澈不太高興地「哼」了一聲，道：「妳就是不想朕去唄。」

「皇兄，難得世安有這麼多朋友一起聚聚，你就忍一忍，我一會兒叫人給你送些過來嚐嚐味道，」沈玉安慰道：「絕不會少了你這份的。」

「行了行了，都走吧，」沈澈揮揮手道：「別在朕眼前待著了，看著煩。」

沈玉一退出皇帳，就聽見沈澈差人去請皇后，不由得笑了笑，轉頭去了沈世安那裡。

徐凡和沈逸已經到了，沈玉剛進去就聽著沈逸一股勁兒地在問：「這是什麼？這又是什麼？」

「皇姊來啦？」夏瑤正在為他一一解釋，抬頭見到沈玉，就笑著過去拉她坐下，說道：「今天這火鍋可要自己動手燙著吃，不習慣的話，也可以叫下人幫忙燙，要吃什麼直接從桌上挑就是。」

沈玉瞄了一圈，只見桌上滿滿當當地擺上了各式食材，有一部分應該是今日獵到的獸肉，已經被片成了薄片鋪在盤子裡。

「今天是來不及了，有時間的話就能做些肉丸子，可好吃了。」夏瑤說道，又指了指一盤灰色的肉泥說：「徐侍郎今天倒是有心，在溪邊撈了許多蝦來，正好做蝦滑，在辣鍋裡燙一燙就能吃。」

沈玉在上官燕身邊坐下，說道：「陛下剛剛也問了一句，一會兒能送一份去皇帳嗎？」

「火鍋嗎？不難，我先為陛下燙一份就行。」

趁著大夥兒還沒開吃，夏瑤讓人拿了兩個大海碗過來，將各種肉和蔬菜都燙了兩份，一份辣、一份不辣，放在大海碗中，又舀了些湯底在裡面，隨後用小碗調了一份蘸料，差人送去皇帳裡。

「世安怎麼還沒來？」所有人都坐下以後，沈逸發現夏瑤旁邊空了個位置，接著像是想到什麼似的問道：「對了，他的傷怎麼樣了？」

「太醫看過了，沒什麼大礙，只是他身上都是血，所以去沐浴更衣了。」夏瑤說道：「沒事的，你們先吃，他來了也是我為他燙菜。」

沈逸點點頭，按照夏瑤說的，用夾子先挾了片肉放進鍋裡，燙到變色之後就立即拿出來，放到自己拌好的料碟裡，用筷子挾著吹了吹，送入口中。

肉極為新鮮，輕微的血腥味被湯底中的香料與辣椒味掩蓋掉，肉片裹著料碟中的辣椒醬、芝麻醬和碎花生，麻辣鮮香味瞬間在嘴裡爆發。

沈逸一口肉下肚，頓時眼睛一亮，趕緊拿起夾子又挾了一堆肉進去。

「怎麼一個人吃這麼多？」徐凡剛吃了一片，見他接二連三地從鍋裡往外挾，不滿道：「一片一片吃不行嗎？」

「那還有我的份嗎？」沈逸才不管他，又連著挾了兩片肉，在料碟中滾了一圈，將肉片上沾著的湯水和醬料一起送進嘴裡，塞得兩頰鼓鼓的，嚥下去後讚嘆道：「這火鍋也太好吃了，簡直此生無憾！」

夏瑤見他們吃得「火花四射」，便裝作不經意地問道：「今天那頭熊到底是怎麼回事？」

「唉，誰知道怎麼回事，」沈逸邊和徐凡搶蝦滑邊說道：「我們其實也沒往林子深處走，按理說熊不會往有人的地方靠近，偏偏今天就讓我們給撞上了。」

夏瑤皺了皺眉道：「會是因為餓極了嗎？」

「我看那頭熊倒不像是挨餓的樣子，要是牠真餓極了，我和世安都撐不到玉皇姊來！」沈逸心有餘悸地說：「王妃妳是沒看到，當時那頭熊張著血盆大口，感覺一張嘴就能咬掉世安的腦袋，他被壓住的時候，我腦子裡就兩個字『完了』，哪知道他還有力氣把那枝箭朝熊的嘴裡捅進去，那可是箭，不是矛啊！不過我好像在那頭熊身上看到插著一枝箭，不是我們射的，也不知道是什麼人把熊給射傷了，結果讓牠衝著我們來，他們倒跑了……」

故事還沒完，沈逸正說得激動呢，就聽見帳篷門口傳來一聲怒喝。「沈逸！」

沈逸被嚇得一哆嗦，筷子上的肉掉回了碟子裡，他抱怨道：「幹麼一天天地老吼我，你今天都吼了我幾次了？你說說，中午的時候要是你叫我滾我就滾了，下午能有我這個得力助手幫你嗎？」

見沈逸不知道反省，沈世安簡直要被氣死，又不能明說這件事讓夏瑤知道太多，只好鬱悶地坐下道：「行了，過去了就別提了，嚇著人。」

「嚇著誰？」沈逸傻乎乎地說道：「王妃，妳聽這個會害怕嗎？」

夏瑤淡定地搖了搖頭，已經猜到沈世安不讓他說的理由了，她一點也不配合地說道：「不怕。」

「你看，」沈逸說道：「王妃不怕。」

沈世安沈默了一瞬，說道：「上官姑娘怕。」

日常身處兵營的兵部尚書家女兒——上官燕，默默地背了這個鍋。「嗯，我怕。」

第三十章　心癢難耐

沈逸犯蠢的舉動氣壞了沈世安，他一時不想說話，坐下來準備吃東西。夏瑤也知道這個時候不能過問，只叫人拿一副碗筷來，幫他調了蘸料，又安靜地為他燙菜。

一向敏銳的沈世安察覺到夏瑤情緒的變化，識趣地靜靜拿起筷子，卻忽然覺得手臂一陣痠痛，壓根兒拿不住筷子，更別說挾菜了。

筷子「啪」的一聲掉到地上，大家全看了過來，夏瑤瞧了瞧他的手，問道：「使不上勁？」

沈世安皺著眉握了握自己的手腕道：「那老傢伙力氣太大了，我用左手吧。」

夏瑤讓人換雙筷子，沈世安接了過去，用左手笨拙地在碗裡挾了半天，卻什麼也沒挾起來，旁邊的夏瑤撐著下巴看著他，說道：「喔，原來王爺也有不會的事啊。」

其他人明顯感覺到他們兩人之間的氛圍不對，徐凡猶豫地看了看沈逸，說道：「那個……我們好像吃得也差不多了，要不先告辭？」

沈逸留戀地看了桌上沒吃完的菜一眼，心痛道：「行吧。」

「廚房還在做酥肉和點心呢，」夏瑤問道：「你們不吃了嗎？」

「酥肉？」沈逸聽到「肉」這個字又坐了回去，說道：「那我等會兒再走。」

沈世安頓時無語。

夏瑤讓人把酥肉和點心端了上來，隨後湊到沈世安耳邊小聲道：「等他們走了，你得把這件事說清楚。」

點心是芋圓奶茶，除了放進用地瓜做的芋圓，還放了牛奶凍，甜香又滑口，吃過火鍋之後非常適合來一碗，適時緩解了嘴裡過重的鹹味。

幸好沈世安左手會用勺子，好歹吃了點東西墊墊肚子。

吃過點心，大家都非常識相地迅速離開了，畢竟他們還得回行宮過夜。夏瑤叫人收拾東西，自己則拉著沈世安直接上了馬車。

「到底是怎麼回事？」夏瑤難得嚴肅地說：「為什麼你要瞞著我？之前在陛下那裡我就覺得你們鬼鬼祟祟的。」

沈世安也知道她觀察力極好，只有沈逸那傻子人在現場都察覺不出問題來。稍稍思考了一下，他開口道：「今天那棕熊，大概是有人故意引過來，想對我下手的。」

「我就知道，明明說了不會有大型猛獸的……」夏瑤皺著眉說：「怎麼覺得你每次出遠門都有危險呢，上次踏雪的事也是……你們猜得到是什麼人所為嗎？」

沈世安訝異於夏瑤的反應之快，點點頭道：「根據我們的猜測，應該是前太子的餘黨。」

「前太子沈浚？」夏瑤一時之間陷入了沈思，半晌之後說道：「王爺，不是我看不起你，我挺疑惑的，前太子如今尚是被通緝之人，他千辛萬苦地調動剩餘的人手，就只為了對你下手？如果是想東山再起，不是應該針對陛下嗎？」

沈世安對這個問題也是百思不解，回道：「可能是陛下那邊太難下手，所以想先解決掉我，等到陛下親自主持葬禮的時候……」

「呸呸呸！胡說八道！」夏瑤一把捂住他的嘴道：「你再敢說這種話試試看?!」

其實夏瑤前世是個無神論者，然而經歷了穿越這種事，如今對鬼神多少有了些敬畏，自然聽不得沈世安詛咒自己。

「我就隨便說說。」沈世安拿下她的手道：「好好好，我不說了，就是這麼猜測而已，不然實在是想不通他為什麼要針對我。」

「你剛剛的想法也太過迂迴，因為變數太多了，所以我覺得應該不是。」夏瑤分析道：「無論是春日宴還是這次秋獵，他都沒有直接出手，而是利用了動物，這麼做，得手的可能性非常低。

我覺得原因不外乎兩種，要麼是他對殺你這件事並不急切，要麼就是他底下的確沒人手，在這種情況下，殺了你，他還有可能活著嗎？然而，無論如何，他一定是有非殺你不可的理由。」

沈世安靠在車壁上說道：「我目前對他來說完全不存在威脅才對……」

「我也不明白，不過人的行為必定有原因，只要找出原因就行了。」夏瑤想了想，建議道：「秋獵結束後，我們去找道長問問，說不定她知道些什麼。」

沈世安知道夏瑤如今和那位道長熟稔，很快就同意了。安靜了片刻，他又小聲試探道：「妳還在生氣嗎？」

夏瑤看了他一眼，終究捨不得對剛剛遭了罪的人生氣，鬆口道：「不生氣了，但是以後別瞞著我，尤其是這類涉及你安危的事情，我不喜歡被蒙在鼓裡。」

沈世安點點頭，又低聲道：「我有點餓。」

夏瑤一愣，這才想起他今天出去了一整天，應該只吃了個漢堡，還和一頭棕熊打了一架。她不由得有些懊悔剛才不餵他吃飯，趕緊說道：「還有多餘的肉，我回去給你做吃的。」

沈世安撇撇嘴道：「我想吃火鍋。」

那副模樣實在太過委屈，看起來就讓人心生憐愛，夏瑤心一軟道：「我做麻辣燙給你吃吧，保證不比火鍋差。」

這麻辣燙算得上是夏瑤做過的料理當中最奢侈的了，混雜著各種野味，阮師傅在一旁幫忙，見她往裡面放肉，就伸手端走了一盤鹿肉道：「這個就不要了，加些蝦滑吧，王爺愛吃那個。」

夏瑤有些疑惑，下一秒就想到以前看小說提過鹿血的功效，恍然大悟道：「的確不能放。」

麻辣燙做起來很快，跟火鍋差不多，夏瑤自己晚上也沒吃什麼，便煮了兩份，然後在沈世安那份上多加了一個雞蛋，叫人送去他房間裡。

這麻辣燙讓夏瑤吃得鼻尖微微冒汗，身上也熱呼呼的，她突然想起阮師傅的話，問晚秋。「鹿血真的有用嗎？」

晚秋不禁臉紅道：「王妃問這個做什麼？」

「就是有點好奇，」夏瑤放下筷子，問道：「到底是什麼原理呢？」

「這……奴婢也不知道啊，」晚秋實在覺得這話題令人難以啟齒，只道：「奴婢不認識什麼男子。」

「對喔，其實可以直接問王爺，他以前肯定喝過。」夏瑤眼睛一亮道：「我明日問問他。」

晚秋心想：王妃啊，王爺又做錯了什麼，要被您問這種問題……

沈世安第二天不參與打獵，夏瑤得以睡到日上三竿，起床的時候，行宮裡已經沒什麼人了。

「今日不去獵場了，」沈世安把踏雪和雲絮牽過來，說道：「就在這裡學騎馬。」

夏瑤對獵場也沒有太大的熱情，跑那麼遠還要待在帳篷裡，甚至昨天都沒能午睡。她之所以對秋獵有興趣，完全是因為這是和沈世安一起出來玩。

「昨天騎踏雪跑起來的時候是什麼感覺，妳還記得嗎？」沈世安站在雲絮旁邊說道：「妳要跟著馬兒跑步的節奏晃動，像昨天那樣坐著不動，要是我不在後面，妳早就從馬上掉下去了。」

這麼困難嗎？難道不是穩住身子就可以了？夏瑤搖搖頭說：「不記得。」

沈世安沈默了一瞬，說道：「我讓雲絮跑慢一點，妳要是覺得不行就讓牠停下來。」

夏瑤緊緊拽住手裡的韁繩，小臉緊繃，視死如歸地「嗯」了一聲。

「也沒這麼可怕，」沈世安被她嗓音裡的緊張逗樂了，說道：「要是掉下去，我會接住妳的。」

即使沈世安這麼說，夏瑤心裡也沒底，待雲絮的速度漸漸超過平常閒晃時的步調，夏瑤在馬背上便全身僵硬，只覺得要被雲絮甩出去了。

「要掉了要掉了！」夏瑤朝沈世安求救。「我坐不穩了！」

「不會掉的，雲絮根本就沒跑起來。」沈世安看不見她的狀態，騎著踏雪在旁邊跟著，說道：「別坐得太實，要跟著馬的節奏走。」

夏瑤壓根兒聽不懂他在說什麼，也沒心思去想，以至於太過使勁拽著轡繩了，即使好脾氣如雲絮，也無法忍受有人將全身的重量投在轡繩上，牠嘶鳴了一聲，甩著頭想讓她鬆手。

原本夏瑤坐得就不穩，被雲絮連著轡繩一扯，瞬間就朝下栽，眼看自己即將跟地面親吻，夏瑤心頭一沈，尖叫著閉上了眼睛。

預期中的疼痛並未出現，夏瑤落進了一個結實的懷抱裡，一股清洌的氣味衝進她的鼻子裡。

「我說了，會接住妳的。」抱著她的人說道。

夏瑤方才的恐懼全被沈世安這齣英雄救美沖散了，這場景實在是讓人少女心爆棚，而且還是要對方有極高的武力值才能引發的浪漫。

從沈世安胸前抬起頭，夏瑤發現他整個人被她墊在身下，手臂還牢牢地護住她，一點都沒讓她磕著碰著。

「起來吧，這回慢點。」沈世安說。

夏瑤剛想起身，眼尾餘光就瞥見一個熟悉的身影，「啪」的一下又趴回了沈世安身上，輕聲道：「等等。」

「怎麼了？」沈世安有些疑惑地問：「妳傷著哪裡了？」

不應該這樣啊，他明明全護住了。

知道今天沈世安不去打獵，王秋語便想過來問問他的傷怎麼樣，誰知剛走到他的院子附近，就看到他和夏瑤光天化日之下在草地上糾纏，夏瑤看到她，不僅不害臊，還明目張膽地朝她挑釁地眨了眨眼睛。

王秋語一張小臉紅了個透，指著她尖叫了一聲。「不要臉！」隨即慌亂地轉身跑走。

「喔，」夏瑤趴在沈世安身上，心情愉快地說：「少女心碎了。」

沈世安聽見王秋語的聲音，嚇了一跳，臉馬上就紅了，他小心地推了推夏瑤，道：「妳快起來。」

「幹麼？」夏瑤看著他臉紅，覺得很有趣，問道：「你害羞了？」

沈世安感受到她的氣息吹到自己臉上，不自在地轉過頭說：「在外面呢，快起身吧。」

他越是這樣，夏瑤越是想逗他，趴在他身上不動，問道：「外面不行，屋子裡可以嗎？」

沈世安臉皮本來就薄，被夏瑤這麼一問，簡直全身都要燒起來了，乾脆兩手一撐，將她從自己身上挪到地上，爬起來就要走。

「誒，王爺！」夏瑤這回也不賴著了，直接從地上起身拍了拍裙子，追上去拉著他，問：「不教我騎馬了？」

沈世安一張臉臭臭的，說道：「妳根本就不想好好學。」

「我想學我想學，」夏瑤軟聲道：「我不亂說話了，我們還是學騎馬吧。」

和沈世安胡鬧了一通，夏瑤就沒那麼緊張了，大半天過去，還真的能騎著馬跑起來。

「差不多了，今天就這樣吧，」沈世安讓雲絮停下來，說道：「明天再練一練，就算是學會了。」

雲絮停在院門口，夏瑤翻身下了馬之後，突然間僵住了。

騎馬的時候沒察覺到，這會兒下來才發現大腿內側被馬鞍磨過的地方一陣刺痛，她頓時倒抽了一口氣，感覺自己一步也走不了了。

「怎麼了？」沈世安聽見她的抽氣聲，轉過身問道：「妳受傷了？」

疼的地方如此尷尬，夏瑤臉皮再厚也不好意思和他說，只咬了咬牙喊道：「望月！」

望月是個合格的暗衛，不該出現的時候就藏著，該出現的時候就立即來了。她經驗豐富，一看到夏瑤僵硬的樣子就知道她怎麼了，不禁憋著笑彎腰抱起她，道：「屬下送王妃進去吧。」

沈世安一頭霧水地說：「到底怎麼了？妳月事也不是這幾天啊。」

聞言，夏瑤猛力朝他肩膀上打去，惱羞成怒道：「煩死了，你別問了！」

沈世安一邊想著她為什麼如此善變，一邊進了自己的屋子，片刻後突然反應過來，頓時有些臉紅，可想到夏瑤那尷尬的語氣，又忍不住想笑。他把長青叫了進來，吩咐道：「你取些我之前受傷時用的藥，給王妃送過去。」

夏瑤被望月抱進屋子裡，既疼得齜牙咧嘴又心情鬱悶，只能叉著腿躺在床上裝死。片刻後，就見晚秋進來了，手裡拿著個小瓷瓶說道：「王爺叫長青送了藥來，是上好的傷藥呢。」

夏瑤一時有些窘迫地說：「他知道了？」

「第一次學騎馬哪有不受傷的。」望月看了看那傷藥，說道：「的確挺對症的，快塗吧，不然要疼一晚上。」
那藥的確有用，搽了一會兒就不太疼了，然而夏瑤手腕燙傷、腿上擦傷，本來就不好受，又因為今天一整天都在騎馬，漸漸地腰痠背痛起來。
塗了藥以後不能亂動，她連翻身換個舒服點的姿勢都難，躺在床上覺得自己簡直弱小可憐又無助，不禁期期艾艾道：「王爺怎麼不來看我？」
晚秋幫她整理換下的衣物，說道：「您不是覺得尷尬嗎？」
「他都知道了，還有什麼好尷尬的。」夏瑤歪過頭說道：「我會這樣還不是因為他，我懷疑王爺今天發狠地訓練我，是因為我之前讓他丟臉了。」
夏瑤話音剛落，就聽見沈世安在門口說：「我可沒有。」
晚秋趕忙放下手裡的東西請安，沈世安點點頭，坐到床邊問她。「還疼嗎？」
「疼啊，」夏瑤換上了柔弱的嗓音，委屈地說道：「而且我腰疼背也疼，全身不舒服。」
「是我疏忽了。」沈世安聽她說話沒什麼力氣，有些愧疚地說：「妳沒練過，剛開始訓練強度就這麼大，的確不太合適。」
夏瑤身為一個和他之間天賦有別的普通人還能說什麼，只能原諒他了。
「腰和背疼？還有哪裡疼？」沈世安把手杖放到一邊，捲起了袖子說道：「我幫妳按一下吧，這樣好得快一點。」

「還有小腿。」夏瑤懷疑地看了看他，問道：「你會按？」

「習武這麼多年，穴位還是很清楚的，放心，不會像太醫揉得那麼疼。」沈世安說道：「妳先趴著。」

夏瑤半信半疑地翻了個身，疼得又「嘶」了一聲，隨後就感覺一雙溫熱的手掌落在她小腿上，隔著褲子都能感覺到熱度。

她有點臉紅，這其實是在沒發生特殊事件的情況下，沈世安第一次主動碰她。夏瑤轉頭看了看沈世安嚴肅的神情，深深嘆了口氣——他果然只是很正常地替她舒緩肌肉緊繃而已。

雖然夏瑤對沈世安的心態有點失望，不過他的手像是有什麼魔力似的，稍微按揉幾下，小腿的痠痛感就全消失了，像是泡在溫泉裡似的，舒服得讓人想嘆息，她立即趴在枕頭上不動了。

「疼了和我說。」沈世安說道。

「唔唔，」夏瑤敷衍地應了兩聲，回道：「這樣剛好。」

夏瑤自從下馬到現在已經疼了半天了，這會兒疼痛消除了不說，身上的經絡還像是被打通了一般，通體舒暢，連沈世安的手轉移到了她背上都沒在意。

直到那雙手移到她腰上按了某個穴位，夏瑤突然覺得身體一軟，忍不住輕哼了一聲，反應過來之後，她的臉瞬間紅透，按住沈世安的手說：「不、不用按了。」

「怎麼了？」沈世安問道：「弄疼妳了？」

「不是，就這樣吧，我覺得好多了。」夏瑤趕他走。

「可妳不是腰疼？」

現在我是腰疼沒錯，但你要是再不走，說不定我們別的地方就要疼了！夏瑤抵抗住誘惑，堅定道：「我不疼了，想睡覺了。」

沈世安雖然不解，但還是點點頭道：「那妳休息吧，明天就不騎馬了。」

夏瑤看著他起身出去，猛然把腦袋埋進被子裡，手用力敲了兩下床。

晚秋在外面見沈世安走了，一進來就看到夏瑤在搥床，馬上緊張地問道：「王妃怎麼了？」

看不出來嗎，妳家王妃現在欲求不滿！夏瑤沮喪地坐了起來，察覺小腿不疼了，想不到沈世安揉那幾下，竟然真的這麼有用。

「唉……」夏瑤扶著腰站起身，嘆了口氣道：「我可真是柳下惠啊。」

第三十一章　羞於啟齒

秋獵幾天後就結束了，沈世安雖然只去了一天，但因為那頭棕熊的關係，他還是拔得了此次秋獵的頭籌，得了不少賞賜。

只是沈世安敏銳地察覺到，自從學騎馬那天之後，夏瑤突然和他疏遠了幾分，往日她總是動不動就要湊到他身邊，現在連講話都要隔著距離，他疑惑的同時，又有些不安。

從行宮回來的第二天，夏瑤一大早就去了點心鋪子，打定主意要讓自己忙碌起來，避免在家受到誘惑，做出什麼嚇到沈世安的事情來。

鋪子裡的生意比夏瑤離開之前更好了，眾人看起來十分忙碌，夏瑤不想打擾她們，坐在一旁等了好一會兒，直到客人漸漸少了，才過去和顧雲落說話。

「這段時間沒出什麼事吧？」夏瑤問她。

「挺好的，您走之前讓巡街的禁衛軍多照顧店裡，他們每日都要來門口轉兩趟，哪裡還有人敢來找事。」顧雲落笑道。

夏瑤放心地點點頭，又問了目前的銷售情況，準備調整現有的菜單。

「倒是有別的事，」顧雲落壓低聲音道：「夏妘的娘親來了一趟。」

「夏妘的娘親？」夏瑤皺著眉說：「她來做什麼？不至於是來道歉的吧？」

「說是她弟弟的學堂又要交錢了，」顧雲落嘆道：「讓她幫忙出束脩。」

賣了女兒一次還不夠，如今還要來搶她的工錢？夏瑤「哼」了一聲，道：「他們倒是好意思！夏妘怎麼說？」

「她不想給，之前聽她的意思，是想留著錢買個房子給自己住。」顧雲落說道：「她娘沒說動她，罵了一頓就走了。」

夏瑤嘆了口氣，說道：「腦子倒還算清醒。」

「死過一回的人了，怎麼會不清醒呢？」顧雲落幫一位顧客打包好糕點，笑著送她出門，轉身又說道：「只是我看那一家子都有些好吃懶做，如今夏妘在您這裡做工，他們是不會放棄這個女兒的。」

「不勞而獲這種甜頭，有了第一次就會想要第二次，怎麼會輕易放棄呢？」夏瑤對她說道：「讓夏妘一會兒得了空就到樓上找我，我問問她有什麼想法。」

就跟所有的社畜一樣，夏妘自然不會真的等自己有空了才去找老闆，更何況這個老闆還是堂堂的王妃。夏瑤剛上樓坐了片刻，夏妘就端著托盤上來了，盤子裡放了一壺熱奶茶和一碟點心。

「這是小的和金師傅最近試做的新點心。」夏妘把點心和奶茶擺到夏瑤面前道：「請王妃嚐嚐。」

夏瑤在夏妘拿東西過來的時候就聞到濃郁的南瓜味了，她用筷子挾起一塊金燦燦的南瓜餅咬了一口，入口軟糯甜香，帶著濃濃的南瓜味——的確做得不錯，但稍微有些不足。

「挺好吃的。」夏瑤放下筷子道：「不過我有個建議。」

夏妘忙說道：「王妃請說。」

「妳們這南瓜餅是用油煎的吧？火候太大了些，麵餅也太厚，導致口感過於軟爛。」夏瑤扒開南瓜餅讓她看了看，說道：「改成油炸的，餅做得薄一些，調整一下糯米粉和南瓜的比例，油炸成中空的餅，這樣外皮更加有韌勁，吃起來也不容易膩。」

夏妘眼睛一亮道：「不愧是王妃，一下子就找到問題了，小的和金師傅討論許久，都不知道如何改善口感。」

「做多了就有數了。」夏瑤笑著說道，她放下南瓜餅擦了擦手，將話題轉移到了正事上。「妳知道我找妳來做什麼吧？」

只見夏妘臉上的笑容淡了下去，點點頭道：「是小的……娘的事嗎？」

夏瑤端起杯子暖和下手心，開口道：「我得知道妳是什麼想法，說實在話，我給妳們的工錢都不低，可以說是超出行情很多，培養妳們也很用心，我不希望我投入的心血，到最後便宜了我看不上的人。當然，這歸根究柢還是妳自己的事，我不會干涉太多。」

「王妃，」夏妘堅定道：「小的如今姓夏，在小的拋棄自己名字的時候，他們就不再是我的家人了。小的沒有拒絕得太快，是擔心他們在失望之下會做出更過分的事情來，影響店鋪的生意。」

夏瑤聽夏妘這麼說，頓時放下心來，她還擔心這姑娘聽了母親的哭訴後要回去養家，既然她拎得清，倒是能幫一幫忙。

「這事妳就不用擔心了，」夏瑤說道：「交給我就行，她以後不會再來煩妳。」

「煩勞王妃操心了。」夏妘當即跪下謝恩。

「不必。」夏瑤擺擺手讓她起來，說道：「妳以後別怨我讓妳和家人斷絕關係就好。」

「早在他們將小的送去那裡時，小的就報答生養之恩了。」夏妘決絕地說：「王爺和王妃如今才是小的的恩人，小的不會那麼糊塗。」

「我信妳不會。」

雖然答應了夏妘，但其實夏瑤也不曉得該怎麼讓那家人合理地遠離她，不過沒關係，不是還有沈世安在嗎，他肯定有辦法的。

夏瑤在店裡待了大半天，幫忙改良了南瓜餅。油炸出來的南瓜餅果然味道好上不少，外面一層脆殼，整個圓鼓鼓的，咬下去又糯又甜，而且有嚼勁，比油煎的香味更足，還不讓人覺得油膩，正適合深秋時節享用。

南瓜含水量多，這南瓜餅即使放涼了，吃起來也是軟軟糯糯的，並不會像其他糯米製品一樣變得堅硬難咬。

臨走的時候夏瑤帶了幾個生的南瓜餅，剛出廚房，顧雲落就走過來說道：「王妃，還有一事忘了和您說。」

夏瑤停下腳步問道：「什麼事？」

「前兩天有個婦人來應聘，說是願意在鋪子裡做小二的活計，端端盤子，做些打掃工作。」顧雲落說道：「可是您不在，小女不好隨便下決定，就叫她過兩天再來。」

「其實小二跟妳才是接觸最多的人。」夏瑤說道：「妳覺得她如何？」

顧雲落想了想，答道：「從談吐看來，倒還不惹人厭，看著也機靈，像是願意幹活的，若是真心想做工，小女沒什麼意見。」

「行，我這兩天都會來鋪子裡，她若是來了，我就見一見。」

夏瑤回到王府，窩在廚房裡忙了好一陣子，隨後就帶人端著盤子去了後花園。

沈世安果然在那裡，聽見夏瑤來了，他心裡帶了點欣喜。

「我剛剛去店裡，看她們新做了南瓜餅，就帶了點回來。」夏瑤將一個剛炸好的南瓜餅放在他碟子裡，叮嚀道：「小心，很燙的。」

沈世安沒伸手去拿餅，而是摸了摸擺到自己面前的碗，感覺微微有些溫熱。

「這是桃膠銀耳蓮子羹，」夏瑤說道：「不燙。」

桃膠和銀耳是早上就叫人泡著的，到中午就泡發了；蓮子則是一大早就煨在爐子上，用小火慢煮，裡頭加了許多冰糖，中午時鍋裡的水差不多都收乾了，甜味全熬進了蓮子裡。

泡發的桃膠和銀耳放在另一個鍋裡燉煮，大約只要一個時辰就能煮好，然後和剛剛的蓮子一起瀝乾水分，放到備好的牛奶中。

桃膠口感類似布丁，軟軟滑滑的；銀耳口感軟糯，入口即化；蓮子看起來是完整的，其實早就燉爛了；冰糖的甜味被牛奶沖淡了些，整體吃起來清甜柔和。

沈世安嚐了幾口，說道：「倒是比銀耳蓮子羹還有燕窩粥之類的好吃多了，我實在是不喜歡那些東西。」

夏瑤挾了塊南瓜餅送到他嘴邊，道：「試試這個。」

沈世安愣了一下，有些猶豫地張口咬了，他垂著眼睫嚼了一會兒，說道：「不如妳平時做的點心。」

「畢竟是在鋪子裡賣的，用料普通，自然比不上宮中賞賜下來的。」夏瑤驚覺自己無意識地又再調戲他，趕忙放下筷子道：「這個不喜歡的話，過兩日我給你做奶油南瓜濃湯。」

沈世安的確挑嘴，夏瑤不餵了，他也不吃那南瓜餅，只一口一口喝著桃膠銀耳蓮子羹，夏瑤一邊看他吃東西，一邊告訴他夏妘的事，末了問道：「我雖然這麼說，但其實也不知道該怎麼辦，王爺可有辦法？」

沈世安挑眉道：「妳不知道怎麼辦，就先答應別人了？」

夏瑤「嘿嘿」笑道：「不是有王爺在嗎，肯定有辦法的呀。」

這話讓沈世安很是受用，他放下空碗說道：「這事妳就不用操心了，沒什麼麻煩的。」

他本來就在處理避暑山莊的案子，對那幾戶賣女兒的人家了解得很，很清楚他們的弱點是什麼。

聽到沈世安這麼說，夏瑤就徹底放心了，她知道他不是隨意誇口的人。

事情交代完，夏瑤準備離開時，沈世安突然問道：「妳明日也要去鋪子裡嗎？」

夏瑤一愣，想到要來應聘的那個婦人，便答道：「這兩天應該都在鋪子裡，有事。」

見沈世安有些失望，夏瑤問道：「怎麼了？家裡有事嗎？」

「沒有，我就是隨便問問。」沈世安轉移話題。「晚飯吃什麼？」

夏瑤立即被轉移開了注意力，她想了想廚房裡備的菜，回道：「鐵板豆腐和糖醋排骨，再加個番茄炒蛋怎麼樣？」

這些都是沈世安愛吃的，他自然沒什麼意見。

夏瑤第二天就見到了那個來應聘的婦人，姓陶名秋菊，看得出家裡有點底子，畢竟這會兒的女人極少正經起名字的。

陶秋菊年紀不大，三十不到，已經是兩個半大孩子的母親了。

「兩個兒子要交束脩，家中花銷大，但是小的丈夫身體不太好，做不了什麼活計，聽說這裡招女人，小的就來了……」陶秋菊有些侷促地說道：「只是小的以前從未在外頭做過工。」

她把自己打理得很整潔，衣服雖然舊了點，不過洗得乾乾淨淨的，夏瑤馬上心生好感，說道：「做小二也不難，就是記著客人點了什麼，客人走了把桌子擦乾淨，不比家裡的活兒難做。」

陶秋菊連忙點頭道：「那小的能做。」

夏瑤告訴她工錢如何算，又問道：「妳什麼時候能來，我這裡挺缺人手的。」

陶秋菊看起來也急，忙說道：「小的明日就能來。」畢竟早一天來就多賺一天工錢。

夏瑤更加滿意了，說道：「鋪子裡有上工時固定穿的衣服，秋冬兩套，春夏兩套，務必保持乾淨整潔。」

陶秋菊有些驚訝地說：「這裡還提供衣服？」

「大家穿得統一比較好看，不然客人怎麼知道妳們是鋪子裡的人呢？」夏瑤說完又囑咐道：「衣服每年都會發，之前穿過的隨妳自由處置，但最好不要讓別人穿，免得引起誤會。」

陶秋菊連連稱是，覺得這簡直是意外之喜。普通人家一年都做不了幾身新衣服，這鋪子竟然一年發四套，她得趕緊回去和街坊們說說，說不定店裡還要招人呢！

有了陶秋菊，鋪子裡便沒那麼忙了，加上大家漸漸習慣了這份工作，只要不出什麼大事，一般都不會去找夏瑤。

上官燕依舊會來休息室看不能在家看的話本，她見夏瑤天天待在鋪子裡無所事事，不由得有些詫異。

「妳在府裡也能看這些話本吧，」上官燕問她。「幹麼非要在這裡看？妳不是每天都和王爺膩在一塊兒嗎？」

只見夏瑤沈痛地嘆了口氣道：「不行，不能一直膩在一起。」

上官燕驚訝得從側躺換成了坐姿，問道：「妳和王爺吵架了？」

夏瑤猶豫著該不該說，然而她如今最交心的朋友就是上官燕，晚秋跟小環雖然知道情況，卻不可能提出什麼好意見，於是她就坐過去湊在上官燕耳邊悄悄說了。

上官燕的眼睛漸漸瞪大，聽完後笑到快直不起腰來，指著夏瑤道：「你們……你們居然還住在兩個院子裡！」

夏瑤踢了她一腳，說道：「別笑了，愁著呢。」

上官燕勉強忍住笑，問道：「這段時間以來就沒人說過什麼？按理說丞相夫人和淑太妃那邊都該開始催生了吧？」

「當然催過，王爺還回來問過我的意見。」夏瑤說道。

「那不就得了！」上官燕覺得這才正常，又問道：「那妳是怎麼回答的？」

夏瑤面無表情地說：「我說不著急，順其自然就好。」

上官燕努力憋了兩秒，最終還是笑了出來，夏瑤看著她的反應，沮喪地倒在沙發上說：「我哪裡知道他的順其自然會這麼久啊！」

掙扎著咳了兩聲，上官燕勉強讓自己冷靜下來，擔憂道：「王爺……不會有什麼隱疾吧？難道他『不行』？」

夏瑤抓起沙發上的抱枕用力砸到她身上道：「妳才『不行』！」

「我行不行不重要，」上官燕一把抓下抱枕，一臉嚴肅地看著夏瑤，說：「關鍵是王爺行不行。」

「算了算了，妳閉嘴吧。」夏瑤後悔了，她為什麼要和上官燕在這裡討論沈世安行不行的問題？

「不用我想辦法了嗎？」上官燕問道：「要不請個太醫看看？」

「看妳個頭！」夏瑤不理她，再和上官燕討論這種問題，她就是豬！

「好吧。」既然夏瑤不想討論，上官燕自然不會追著不放，她換了個話題。「對了，有人託我問一下，王爺的傷都好了嗎？」

「託妳問？」夏瑤警惕地問道：「是誰要問？」

上官燕猶豫了一會兒才說道：「我告訴妳，妳可別告訴王爺啊。」

「什麼人啊，神神秘秘的，不會是王秋語吧？」夏瑤懷疑地問道：「妳和她什麼時候關係這麼好了？」

「怎麼可能呢，王秋語想知道的話會問我嗎，她會借這個機會直接問王爺！」上官燕擺擺手道：「其實是齊王爺問的。」

「齊王爺？」夏瑤倒真是有些驚訝了，說道：「他怎麼會託妳來問？幹麼不自己問？」

「他說不想讓王爺知道，怕王爺知道自己關心他，會讓他得意。」上官燕搖搖頭，繼續說道：「他和我二哥關係不錯，昨天來我家玩的時候託我問的。」

夏瑤早就猜到沈清可能沒那麼討厭沈世安，不過沒想到他居然關心得如此迂迴曲折，不由得有些好笑地說：「齊王爺這是怎麼回事？上回春日宴被王爺救了一次，突然轉性了？」

「他們說到底也就是小時候那點矛盾，又誰都不肯先服軟，所以就這麼僵著了。」上官燕說道：「不過齊王爺現在比小時候好多了，也沒那麼嘴賤惹人厭，不然我二哥也不會和他關係好，可就只有這件事……」

「所以他想和王爺緩和關係，只是想不到辦法，是不是？」夏瑤問道。

上官燕想了想沈清當時的表情，點點頭說：「我覺得他還是挺想和王爺和好的。」

夏瑤摸了摸下巴，露出個看八卦的表情來，說道：「其實王爺挺好說話的……」

第三十二章　害人不淺

「挺好說話的？誰？瑞王爺？」上官燕一臉「怕不是在騙我吧」的表情，狐疑地問道：「我們說的是同一個王爺吧？」

「真的，」夏瑤真誠地說：「只要對他服個軟，然後死皮賴臉一下，那麼不管妳說什麼，他都會答應。」

上官燕低著頭思考了一會兒，說道：「但是齊王爺會死皮賴臉嗎？」

夏瑤回憶了一下齊王沈清的言行，說道：「算了，那人也挺傲嬌的，他們注定沒有緣分。」

「話說回來，」上官燕好奇道：「妳既然這麼了解王爺，為什麼搞不定他？」

夏瑤驚恐地看了她一眼道：「妳要我死皮賴臉地要求睡他？不，我還沒絕望到這種地步！」

糾結了一場，夏瑤的問題依舊沒能解決，倒是府裡頭先出了事。

夏瑤院子裡有個二等丫鬟，叫雪兒，平日總是不聲不響、埋頭做事，說起話來也是輕聲細語，沒什麼存在感，但幹活很是用心。晚秋對她印象不錯，想著好好培養一下，畢竟往後夏瑤需要的人手可多了。

沒想到這就出了狀況，院子裡其他丫鬟將這件事告訴晚秋的時候，她還不敢相信，然而這事說大不大，說小也不小，她叫了雪兒來問話，之後便向夏瑤匯報了。

「借錢？」夏瑤有些疑惑地說：「雪兒的工錢不低吧，平日我賞賜給得也大方，她為什麼需要這麼多錢，竟然把院子裡的人都借了個遍？」

晚秋搖搖頭道：「她不肯說，奴婢讓人去打聽了，她家裡最近沒出事，父母身體健康，哥哥家的狀況也正常，並不是突然需要錢。」

夏瑤皺了皺眉說：「她借了很多？」

「說多也不多，只是每個人都借了點，湊起來也不少了。」晚秋說道：「丫鬟們不是多有錢，每個月就那麼點分例，還要補貼家裡，自然就催著她還錢，到後來雪兒就向一個人借錢去補另一個人的窟窿，事情就鬧大了。」

夏瑤越聽越覺得這狀況耳熟，不由得問道：「她不會是去賭了吧？」

晚秋嚇了一跳道：「這……雪兒一直在府裡，沒見她出去過啊。」

「但是突然要用這麼多錢，肯定是有理由的。」夏瑤想了想，問道：「她有其他異常舉動嗎？」

晚秋搖頭道：「一直都是一樣，同屋的人也不覺得哪裡有問題。」

夏瑤陷入了迷茫，不管怎麼說，借了那麼多錢，總得有個花出去的地方吧？她問道：「雪兒怎樣都不肯說嗎？」

「不肯說，只說錢她一定會還的。」晚秋嘆了口氣，覺得有些惋惜，畢竟這是她看上的人……她頓了頓，小聲道：「不會是被什麼精怪給迷惑了吧？」

「精怪？要我說啊，還是人禍。」夏瑤說道：「把她叫來吧，我親自問。」

雪兒戰戰兢兢地跪在夏瑤面前，回道：「王妃，奴婢一拿到分例就會還的，並非騙她們的錢財。」

「我不是來問妳還錢的事。」夏瑤擺了擺手。雪兒這情況有些眼熟，很像是以前大學裡借了那種小額貸款的同學，她問道：「可是有人脅迫妳？妳以前跟別人借了錢？」

雪兒搖了搖頭道：「並未有人脅迫。」

她說這句話的時候，臉上竟然還出現了一絲甜蜜的表情，夏瑤看在眼裡，不禁有些疑惑。

雖然夏瑤很不贊同動不動就搜別人東西，但是碰到這種情況，實在不得不這麼做，她對晚秋道：「妳帶人去把她的東西都拿過來。」

雪兒沒有意見，看起來也很平靜，似乎沒有什麼把柄的樣子。

晚秋很快就領著人把雪兒的東西拿來了，連被褥都一塊兒抱來。

夏瑤翻了翻被褥，皺起眉頭道：「如今天氣轉涼，府裡不是發了厚棉被嗎，妳怎麼還是蓋薄被子？」

「不、不太用得上，奴婢便拿去換了錢。」雪兒說道：「王妃說過，這被子發下來就是自己的，奴婢可以換錢吧？」

「自然可以，只要妳不怕冷。」夏瑤收回目光，視線落到幾本書上，有些感興趣地問道：「妳識字？」

雪兒點點頭說：「奴婢跟著府裡姊妹們一起學的，宮裡的嬤嬤說，王爺喜歡聰慧、念過書的女子，所以我們都識字。」

她倒是真的老實……夏瑤為這句話裡的深意挑了挑眉，沒說什麼，卻見一旁幾個丫鬟狠狠地瞪了雪兒一眼。

夏瑤意味深長地看向晚秋，道：「妳的眼光可不怎麼樣。」

晚秋苦笑了一下，回道：「只是看著她安靜勤快，沒想到這麼不機靈。」

夏瑤拿起那幾本書翻了翻，都是市面上最暢銷的話本，不外乎是精怪報恩、榜下捉婿，或是大小姐和窮書生私奔這一類的主題，翻看了幾頁就知道是什麼內容。

合上書思索了片刻，她問雪兒。「那個男人是誰？你們平日是怎麼來往通信的？」

此話一出，所有人面面相覷，眼底都是難以置信，雪兒整個人一抖，結結巴巴道：

「什、什麼男人？奴婢不知道您在說什麼。」
「妳還想護著他？先保全了妳自己吧！」夏瑤靠在椅子上，心情有些複雜地說：「妳若是再送錢給他，以後我就派人牢牢看著妳；若是妳不送錢給他……妳覺得他還會繼續喜歡妳嗎？」
「奴婢……奴婢……」雪兒伏趴在地上，抖得像風中的葉子道：「王妃，他是有苦衷的。」
「苦衷？」夏瑤低頭看著她，道：「他是不是才華洋溢卻家中貧困，先生和同窗瞧不起他，始終苦於沒有遇到伯樂，幸得姑娘妳慧眼識人，時不時救濟補貼，等他金榜題名之時，定會前來求娶？」
雪兒抬起頭，傻乎乎地看著她，說：「王妃，您怎麼知道？您已經見過他了？」
「我還需要見他？」夏瑤把書摔到她面前道：「上面不都寫著了嗎？故事看看就罷了，還能當真？這種東西我一天能給妳寫出十幾本來！」
雪兒難以置信地瞪大了眼睛道：「您說他是騙奴婢的？不會的，他還給奴婢念過他寫的文章呢，寫得可好了。」
夏瑤揉了揉額角，被這姑娘氣得頭疼，晚秋連忙遞了杯茶給她。
「妳才看過幾本書，就知道人家文采好了？」夏瑤說道：「就算好，他若是拿別人的文章來騙妳，妳難道看得出來？」

雪兒支支吾吾說不出話，可夏瑤看得出來，她多少不相信自己說的那些，陷入愛情騙局裡的女子，沒這麼容易醒悟。

「他若是真心求娶妳，為何遮遮掩掩的？我又不是什麼不通情理的主子，莫非他要帶著妳私奔？」夏瑤問她。

「他、他說他如今一貧如洗，又沒有功名在身，不想讓別人知道我們的事，怕影響奴婢的聲譽。」雪兒回道。

「他怕影響妳的聲譽？要錢倒是不手軟！」夏瑤說道：「掏空了妳這麼多年的積蓄，還不停地借錢，他要的不少吧？」

雪兒抿了抿唇，說道：「他說家中還有個生病的母親，每日都要用藥。」

「謊話編得還挺全。」夏瑤心下了然，難怪這姑娘情深不移，這騙子的人設做得挺好的，她繼續說道：「總之，妳現在是王府的丫鬟，我會負責調查他到底是什麼人，若真如妳所說，他頗有才情又家境清寒，那也不用妳出錢了，我親自資助他；若他是個騙子，好歹也幫妳把錢要回來，妳覺得如何？」

「奴婢……」雪兒低著頭猶豫不決。

「妳在想什麼啊，王妃沒怪罪妳，還要幫忙，這是多好的事！」晚秋在一旁說道：

「妳要嫁人，總得知道他是什麼樣子吧？」

夏瑤倒是猜中了雪兒的想法，她說道：「妳怕他發現妳告密，不再與妳往來？」

雪兒點點頭道：「他說他最不喜歡背後告密的小人。」

這姑娘還真是被他掌控得死死的！夏瑤嘆了口氣道：「妳下次與他會面的時候，我讓望月悄悄跟著他，妳很清楚望月的本事，絕不會讓他察覺。」

雪兒這才鬆口，小聲道：「他和奴婢約好每隔三日見一次，今天子時，他會在後花園後邊的小門處等奴婢。」

那小門是專門用來運肥料的，一般不會有人去那裡，他們倒是找了個好地方。

夏瑤頷首道：「妳先回房吧，今日一切照舊就行，別生出什麼其他的心思，不然解決這件事的人就不是我，而是王爺了。」

看著雪兒跟幾個丫鬟退出院子，晚秋問道：「王妃，借錢的事就不追究了？」

「當然要追究，但是得讓她心服口服，也得讓其他姑娘長長記性。」夏瑤端起茶杯喝了一口，又瞄到桌上幾本書，突然說道：「晚秋，我記得妳也有這種話本？」

晚秋嚇了一跳，趕緊表明態度。「王妃，奴婢那就是看著消遣的，可沒有把故事當真。」

「我知道，妳別緊張。」夏瑤撐著頭說：「我就是覺得，如今無論是話本，還是茶館裡說書的，大多都是講這些故事，年紀小些的姑娘不知人心，說不定就信了。」

晚秋也嘆道：「是啊，只是寫話本的無非就是些家境一般，或者考取不了功名的文人，內容自然脫離不了這些。」

夏瑤欣賞地看著她，說：「妳倒是一語中的，可不就是這樣？」

即使我一無所有，還是會為你的夢想加油——別說現在的文人喜歡這種故事，即便在現代，這類主題依舊極受歡迎，然而女孩們自己的夢想又是什麼呢？難道大家都只想著相夫教子？

「王妃在想什麼？」晚秋將桌上的茶換了一杯，見夏瑤一直在發呆，忍不住問道。

「晚秋，妳以後想做什麼？」夏瑤問道。

「我？」晚秋一時被問得愣住，想了一會兒才回道：「應該就是跟著王妃吧，以後能陪著王妃的孩子長大，奴婢就滿足了。」

晚秋年紀不過二十，這夢想聽起來就像是夏瑤的長輩似的，提前進入含飴弄孫的階段。

夏瑤又看向小環，問道：「那小環呢？」

「奴婢啊？」小環認真想了想，帶著些憧憬答道：「奴婢想要找個心意相通的夫君，生一個女兒跟一個兒子。」

不可以貶低別人的夢想！夏瑤忍著吐槽的衝動，無奈道：「我想皇姊了。」

「王妃以後想做什麼呢？」晚秋反問道。

小環笑咪咪地說道：「肯定是想和王爺生一個聰明可愛的兒子，是不是？」

前半段是對的，她的確想和王爺做點「副作用是生孩子」的事，不過孩子嘛……暫時還不想要。

夏瑤頓時陷入了沈思，半晌後才道：「我的話……可能就是希望每個女孩子都能和男孩子一樣，有明確的人生目標吧。」

小環一臉茫然，晚秋倒像是明白了幾分似的，沈默了片刻。

「王妃，晚上的事，不用告訴王爺嗎？」小環問道。

「我剛剛問雪兒的時候又沒藏著掖著，王爺肯定知道了，」夏瑤說道：「他沒來問我，應該是沒什麼興趣吧。」

話音剛落，就聽見院子裡有人進來，夏瑤抬頭看過去，發現是沈世安。

這個點，不是他平日練劍的時間嗎，怎麼跑到這裡來了？夏瑤起身走過去，問道：「王爺有事？」

「聽說妳院子裡出了點事？」沈世安關切道：「要我幫忙嗎？」

夏瑤見他滿臉寫著「好奇」兩個字，忍不住笑著說：「王爺若是有興趣，那今天晚上就和我一起去等吧。」

其實夏瑤是第一次親身來到這種抓騙子的現場，所以即使到了子時，依舊興奮得很，精神百倍。

「妳照平常的方式和他說話就是，」夏瑤叮嚀雪兒，道：「別讓他察覺到有什麼問題，不然他可就不來找妳了。」

雪兒連連點頭，手裡拿著夏瑤給她的一點碎銀子——因為她自己只剩幾個銅錢了。

看到時間差不多了，夏瑤讓晚秋她們退得遠一些，望月二話不說就跳上了一棵大樹。夏瑤本想躲在牆後，沈世安卻道：「裡面看不清楚，我帶妳去樹上。」

夏瑤正想說她不會爬樹，就被沈世安一手攬著腰，一手攀著旁邊的樹枝，幾下就上了樹。

兩個人在粗壯的枝椏上坐下，沈世安還說了句。「妳太輕了，得多吃點。」

這是輕功吧？夏瑤捂著自己怦怦亂跳的心臟，心想：這不科學，怎麼會有人這麼輕易就上樹了?!

「噓！」沈世安在她耳邊道：「別出聲，有人來了。」

夏瑤覺得耳朵癢癢的，剛伸手揉了兩下，就見有道身影鬼鬼祟祟地走到小門外，有節奏地敲了幾下門——呿，竟然還有暗號！

小門輕輕地開了，雪兒閃身出來，兩個人隨即躲到牆角處。

「雪兒，可算是見到妳了，」那男人開口道：「這幾日我白天黑夜都在想妳，連夢裡都是妳。」

雪兒明顯有些緊張，羞澀道：「不是才剛見過嗎？」

「一日不見如隔三秋，我們都三日未見，已經隔了九個秋了。」男人說著，從懷裡掏出個什麼東西道：「妳瞧，這是什麼？」

雪兒接過來看了看，聲音裡帶著些欣喜。「你哪來的錢買這個？」

「最近幫人抄書，賺了點錢，正好經過首飾鋪子，覺得這簪子特別適合我的雪兒，就趕緊買下了。」男人神色透出幾分疲憊道：「剛好花完抄書賺來的錢。」

雪兒立即心疼起來，全忘了正在被人圍觀，只道：「你怎麼這麼傻？我向來不在乎這個，你是知道的，如今你家這麼缺錢，還給我買東西做什麼？」

男人低聲道：「我看到好東西，就想著買給妳。」

夏瑤在樹上聽得雞皮疙瘩直冒，忍不住打了個哆嗦，搓了搓肩膀，片刻後就感覺到沈世安朝她這邊移動，溫熱的手掌搭在她肩上，擋去了大半的涼意。

其實夏瑤並不是因為冷才搓肩膀，不過這會兒不能出聲，她也就順其自然，靠在他身上繼續聽。

「雪兒，」那男人又開了口。「我幫妳戴上簪子。」

雪兒「嗯」了一聲，低著頭讓他為自己戴簪子，夏瑤瞇著眼看了看，發現那是根木頭簪子，雖不知道做工如何，但肯定不值錢。

「雲哥，你上次說你娘親受了涼，病情加重了，如今怎麼樣？」雪兒柔聲問道。

見男人嘆了口氣，夏瑤不禁有些激動，心想：來了來了，要騙錢了！

第三十三章　另尋他法

「我娘親……也就那樣吧，身體時好時壞的。」男人說道：「我有時候會想，這大概就是命吧！我從小就沒了父親，是我娘親將我拉扯大的，拚命做工供我讀書，如今我就要出人頭地了，她卻熬壞了身子，怕是享不到福了……」

雪兒果然著急起來，說道：「雲哥別這麼說，大娘人這麼好，怎麼會享不到福呢？來，我這裡還有些碎銀子，雖然不多，但你先拿去應急吧。」

男人聽起來頗為感動地說：「雪兒，我怎麼能又拿妳的錢，妳自己留著用吧。」

「我吃穿用度都在府中，平日哪需要用錢，」雪兒強行將碎銀子塞到他手裡道：「你先拿去給大娘治病要緊。」

男人接過銀子，又膩膩歪歪地和雪兒說了一會兒話，夏瑤聽得尷尬，正恨不得捂住耳朵時，他們兩個人總算是準備道別了。

「雪兒，好姑娘，妳等我，待我功成名就，一定會來向妳求親，到時候妳就不用當丫鬟了，妳將是我的夫人，底下會有許多人服侍妳。」男人說道。

雪兒重重點頭道：「雲哥，我信你。」

那男人說完這番話，總算是走了。夏瑤在心底感慨：不愧是騙子，騷話張口就來，不知道騙了多少無知少女，要是沈世安是這種人，光憑他這張臉，那可真是……

她想像了一下沈世安說這種話的樣子，又打了個哆嗦。算了，有點噁心。

「他走了，我們下去吧。」沈世安攬住夏瑤的腰，直接從樹上跳了下去。

夏瑤恍惚間體驗了一次跳樓的感覺，該怎麼說呢，她想打人。

「怎麼了？」沈世安察覺到夏瑤一瞬間的僵硬，低頭問道。

夏瑤深呼吸穩了穩心神，此時雪兒走了過來，說道：「王妃，他真的對奴婢很好。」

「等望月回來吧，」夏瑤說道：「現在妳和我說什麼都為時尚早。」

望月不知道要盯多久的梢，夏瑤難得這麼晚還沒睡，當情緒不再激動時，眼睛就有些睜不開了。

沈世安跟著夏瑤一起往前走，快到院子的時候突然說道：「那個人說話，和妳有一點像。」

夏瑤驚恐地睜大了眼睛說：「誰和我像？」

「剛剛那個，雲哥。」沈世安完全不覺得自己說了什麼「驚悚」的話。

夏瑤僅剩的一點瞌睡蟲也給嚇沒了，她訝異道：「我、我說過那樣的話？」

「也不是一直都這樣，」沈世安想了想，說道：「有時候會，但是妳說起來，就沒有他那麼……奇怪，還挺自然的。」

沈世安說完之後剛好到了自己的院子門口，他順勢拐了進去，夏瑤則茫然地思考自己什麼時候對沈世安說過這種土味情話……

望月相當盡職，一直盯梢到第二天早上才回來，夏瑤剛起床就見她坐在外面的走廊上吃著廚娘做的捲餅。

看見夏瑤來了，望月站起來說了兩個字。「賭場。」

夏瑤了然地嘆道：「人帶回來沒？」

望月點點頭道：「在柴房。」

一聽到是柴房，夏瑤忍不住想：柴房是什麼專門用來關押犯人的地點嗎？柴房做錯了什麼?!

夏瑤搖了搖頭，說道：「把人帶過來吧，順便通知一下王爺，還有，把府裡的年輕丫鬟們都叫來，一起接受一下震撼教育吧。」

被望月帶來的男人叫許昭，是個賭徒，家裡就他一個人，原本家中有點資產，不過早就被他敗光了。當他母親在世的時候，他還真的念過幾年私塾，後來無意間在茶館聽到了窮苦書生靠富家女資助，從此平步青雲的故事，就想到了這個賺錢的路子。

被他騙的不只雪兒一個，還有另外三個姑娘。他每日白天睡覺，晚上就去一個姑娘那邊拿錢上賭坊，若有多餘的錢，就給姑娘買點沒價值的東西當禮物。因為對象都是未婚的女子，不能隨意出家門，所以他的招數竟然從未被發覺有哪裡不對。

夏瑤低頭看向跪在下面的男人，長得一副白臉書生的模樣，難怪騙得了那麼多女孩子。

「雪兒，」夏瑤看向當事人，說道：「他全都交代了，妳怎麼看？」

雪兒本來就是個安靜不多話的姑娘，如今除了跪坐在地上捂著臉哭，連罵人都不會，只反反覆覆道：「你怎麼能騙我……那是我所有的積蓄，我還跟別人借了錢，你怎麼能這樣?!」

夏瑤無奈地和晚秋對視了一眼，問沈世安。「那這人就交給王爺了？」

沈世安點點頭說：「我派人去通知另外幾家，總得讓他們知情。那這裡就交給妳了？」

夏瑤應了一聲，目送飛星拎著那個人，跟在沈世安身後出去了。

「好了，別哭了，」夏瑤走到雪兒面前道：「起來吧，不過是個男人而已，不必如此。」

雪兒不敢不聽話，一邊哭著一邊跪直了身子道：「奴婢知錯了，請王妃責罰。」

「妳欠別人的錢，府裡會替妳先還，以後從妳每個月的分例裡扣，」夏瑤說道：「至於每個月扣多少，妳自己去說，直到妳還清為止。」

雪兒愣愣地看著她，說：「王妃為何不責罰奴婢？」

「不過是借錢，還沒犯下什麼大錯，妳自己知道錯了就行。」夏瑤看到雪兒悔恨的神情，只道：「妳年紀還小，念在是初犯，給妳改過的機會，就當是長記性了，下次無論是妳還是其他人，再犯這樣的錯，我不會輕饒。」

雪兒連忙磕頭謝恩，其餘丫鬟也趕緊跪下稱是，夏瑤揮了揮手，叫她們散了。雖然事情解決了，可她卻一點也高興不起來。

「王妃待人寬厚，這樣的事，放在別的人家，幾下板子是少不了的。」小環說道。

「她不過是被蠱惑了，要說錯，也是錯在無知。」夏瑤說道：「若是犯了根本性的錯誤，肯定是要責罰的。」

小環好奇地問道：「什麼根本性的錯誤？」

「她至少沒有動壞心思，不是嗎？」夏瑤揉了揉小環的頭髮，起身去準備吃的——她前幾日答應要為沈世安做奶油南瓜濃湯。

鍋裡放一塊奶油，融化後將去皮切片的南瓜放進去稍稍炒一下，炒出焦糖味之後，加入月桂葉，加水淹過南瓜，煮到南瓜軟爛。

等到南瓜一戳就爛的時候，盛出來放在碾缽裡，加入牛奶、一小碗鮮奶油跟一點鹽，用杵搗碎。搗好的南瓜濃湯裡有一些細碎的纖維和沒有碎掉的南瓜，夏瑤便拿了個篩子將湯過濾到碗中，在上面撒了些黑胡椒粉，最後放上一小把烤熟的南瓜子。

南瓜濃湯金燦燦的，湯面上是碧綠色的南瓜子仁，散發著濃郁的奶香和南瓜香味。夏瑤抿了一口勺子上殘留的南瓜濃湯，只覺口感醇厚溫和，黑胡椒微微有點辣，濃湯帶著淡淡的鹹味，還有南瓜的焦糖香，南瓜子烤過後有種特殊的油脂香氣，和濃湯格外搭配。

南瓜濃湯煮好，夏瑤又拿了之前做好的吐司，去邊後切成長條，刷上一層奶油，差人送去大廚房烤。

香脆吐司條剛拿回來，之前出去辦事的沈世安也返家了，看起來臉色不是很好。

夏瑤讓人端了濃湯跟吐司條到桌上，問道：「怎麼了？另外三個姑娘找到了嗎？」

沈世安點點頭，坐到桌邊說：「有南瓜味？還有牛奶？」

「是奶油南瓜濃湯，」夏瑤將湯擺到他面前，說明道：「還有吐司條，可以蘸著濃湯吃。」

「奶油和南瓜？」沈世安有些驚訝，低頭舀了一勺湯送進嘴裡，神情緩和了下來，說道：「新奇的搭配，味道倒是極好。」

夏瑤拿了根吐司條蘸了一點濃湯，送到沈世安嘴邊道：「這是吐司條。」

沈世安張開嘴「咔嚓」咬了一口，吐司條外脆內軟，裹著香醇的奶油南瓜濃湯，他點了點頭道：「這個好吃，下次再做吧？」

「嗯，過幾天再做。」夏瑤也用吐司條蘸了點濃湯咬了一口，問他。「那幾個姑娘那兒不順利？」

沈世安放下勺子嘆了口氣道：「有一個也是別人家的丫鬟，聽說還偷了主家的東西，前幾日就被發現了，不過沒找到她的錢去了哪裡。這回我們找上門，主家才知道，至於怎麼處理，就是人家的事了。」

夏瑤淡定地說：「我早猜到這種情況了，好在雪兒老實。」

「另外兩個是普通人家的女兒，家境還行，但是兩個姑娘這幾個月花銷突然增大，父母也有所察覺。」沈世安皺起眉道：「他們不想報官，也不想讓人知道這件事，央求我不要把他們的女兒牽扯進來，說有損姑娘家的名譽。」

夏瑤愣了愣，隨即反應過來道：「父母有顧慮，也是正常。」

「他們似乎很害怕審理案件的時候會寫上他們女兒的名字，一直向我保證會盡快將女兒遠嫁，而且出嫁前會待在家中祠堂思過，絕對不會再讓她們出門。」沈世安搖頭道：「這和我並無關係，但他們的女兒都才十二、三歲，又何必急著叫她們嫁人？我已經答應他們不會上報兩位姑娘，這事過幾年也就沒人記得了。」

這倒是夏瑤沒想到的，她原本覺得這種事若是不想讓別人知道，瞞著就是了，為何要做得這麼決絕？十幾歲的姑娘大多尚未訂親，這樣急急忙忙的，也不會找到什麼好人家。

晚秋在一旁說道：「王爺、王妃，奴婢倒是知道理由為何。」

聞言，沈世安有些驚訝，抬抬手道：「妳說。」

「未出閣的姑娘，與陌生男子私相授受，是失了名節的大事。」晚秋說道：「雖然王爺說不會上報，但是您已經知道了，對他們而言，這個姑娘就是給家族蒙羞，還會影響家中其他子女的名譽，因此最好的方式就是趕緊找個家世一般的男子，將她們遠嫁，從此不再來往，以免影響家族聲譽。」

「但……她們不過是年幼無知，被騙了錢而已，」夏瑤不解地說道：「說到底也就是和陌生男子多說了幾句話，連家門都未出啊。」

晚秋搖了搖頭說：「世上的規矩就是這樣，所以像雪兒這樣的，放在別人府中，要麼被配給最底層的小廝，要麼被趕出府去，總之在別人眼裡，她們就是失了名節的女子，嫁出去算是好的了，出了這種事，給一條繩子吊死，外人知道了也只會說一句『這家人清正』。」

「名節？這虛無縹緲的東西，竟然能要人命？」夏瑤皺眉道：「我們府裡沒有這樣的規矩，以後不許再提！」

晚秋福了福身道：「是，奴婢會吩咐下去。」

夏瑤想著那些姑娘未來的境遇，頓時覺得食慾不振，推開了面前的奶油南瓜濃湯。不過是個沒什麼腦子的賭徒罷了，居然以一己之力，輕易地對四個年華正好的女孩子造成傷害，真是讓她一口氣堵在胸口，怎麼都嚥不下去。

當晚躺在床上，夏瑤翻來覆去地不斷想著這件事，晚秋在外面聽見動靜，進來問道：「王妃睡不著？」

夏瑤爬起來抓了抓自己的頭髮道：「有什麼辦法嗎？那兩個姑娘……」

晚秋搖了搖頭道：「那是人家家裡的事，並沒觸犯律法，即使是王妃，也不能隨意干涉啊。」

其實夏瑤也知道這個道理，她恨恨地看向桌上幾本從雪兒那裡搜來的書道：「都是這些話本的錯，胡編亂造！」

晚秋將話本收起來道：「如今外頭賣的有趣些的故事，差不多都是這種，沒有別的可看。」

「等一下，先別收起來，」夏瑤攔住晚秋，道：「把那幾本書給我。」

晚秋將話本拿了過來，疑惑地瞧著開始看書的夏瑤，道：「王妃怎麼了？」

「如果覺得這些話本不好，那就自己寫。」夏瑤舉起書道：「知己知彼，百戰不殆，師夷長技以制夷，決定了，我也要寫話本！」

「師……什麼？」看著夏瑤忽然有了幹勁，晚秋勸道：「王妃，就算要寫話本，也等到明天再說吧。」

對於夏瑤說要自己寫話本這件事，沈世安的反應是——

「妳會寫故事？」

「我為什麼不會寫故事，」夏瑤火大了，身為現代人，誰沒「寒窗苦讀二十載」？她說道：「不就是把想說的故事寫出來嗎，有什麼難的！」

「但是妳以前給我講的那幾個故事……」沈世安欲言又止。

夏瑤呼吸一滯，辯解道：「那不是我編的故事啊，我是別處看來的。」

話是這麼說，然而真正開始動筆的時候，夏瑤整個人就茫茫然不知所以了。

明明心裡知道要寫什麼內容，可下筆時卻怎麼樣都不對，甚至連具體的對話都搭配不起來，毛筆字又難寫得很，夏瑤窩在書房寫了一個上午，開始有點洩氣。

「我可能是個文盲……」沈世安進來看夏瑤的時候，她捂著額頭趴在桌子上，對自己的文學造詣產生了重大的懷疑。「我居然不會寫故事。」

沈世安忍不住笑道：「寫故事若是這麼容易，豈不是人人都能寫了。」

「算了，」夏瑤非常果斷地放棄。「我不行，這條路走不通。」

沈世安走過來摸了摸她的頭說：「難得王妃也有不會的。」

「我不會的多了去了！」夏瑤哼哼唧唧地趴在桌上，被一上午一無所獲的腦力勞動消耗了所有的能量，哀嘆道：「我不想努力了……」

沈世安難得見到這樣耍賴的夏瑤，覺得很是可愛，他拉了拉她的手臂道：「妳想寫什麼？先和我說，幫妳理理思路。」

夏瑤撐起頭想了想，說道：「我就是想寫一個與眾不同的故事，那些話本裡的女子，無論是人還是精怪，似乎都只是男子成功路上的工具，或是他們的附屬品，沒有自己獨立自強的人生。」

沈世安點點頭道：「的確如此，那些女性角色存在的意義，其實就是服務故事的男性角色，缺乏自己的思想和情緒，用妳的話說，就只是道具而已。」

「對，就是這樣，她們只是為了讓男子成功而設置的道具，貌美、有才情、家世好、溫柔體貼又大方沒脾氣，世上哪有這樣的人，這不是成神了嗎？」夏瑤埋怨道：「所以這種書，男子看了，就想著為什麼自己遇不到這樣的女人；女子看了，則會慚愧，覺得自己為什麼樣樣不如人，還不夠犧牲奉獻。這類故事就是在處處規訓女子，試圖讓她們成為『完人』。」

沈世安笑道：「所以現在妳知道要寫什麼了？」

夏瑤眼睛亮亮的，回道：「嗯！」

其實夏瑤就只差一點啟發，如今沈世安點醒了她，她便悶頭在家振筆疾書了幾天，寫出幾則短篇故事，主角皆是性格各異的女子。她的用字遣詞偏口語，沈世安聽完之後幫忙潤色了一番，看起來還挺像樣的。

像這樣的短篇故事，如今經常會放在合集中，每隔一段時間出一本。沈世安聯繫了書店，直接將夏瑤的作品放進最新出售的那一期中。

第三十四章　天機難料

「妳最近怎麼都沒來啊？」夏瑤忙完這段時間，趕緊去了鋪子裡，一進休息室就聽見上官燕趴在沙發上問她。「怎麼，和王爺的事解決了？」

「這兩天在忙別的。」夏瑤坐到上官燕旁邊，推開她礙事的腳，說道：「妳為什麼天天在這裡？沒事做嗎？」

「我在家待著，我娘就會來催我學女紅啦、相看未來夫君啦，煩死了！」上官燕翻了個身坐起來道：「再說，我來這裡不就是在忙嗎？和王妃社交難道不是正事？妳知道有多少高門女眷想和妳來往嗎？我娘高興還來不及呢！」

呵，妳娘要是知道妳天天窩在我這邊看禁書，還高興得起來嗎？夏瑤心想。

伸出手，夏瑤翻了翻桌上的書——上官燕倒是不太愛看那些市面上常見的故事，更加偏好單純的愛情小說，難免涉及一些不能光明正大放在外面賣的內容，也不知道她哪來的管道，總是能買到這種話本。

「妳也看嗎？」上官燕見夏瑤翻書，戲謔地看過來，說道：「我那裡還有很多喔。」

「不了，沒興趣。」這種類型放在現代……也就是一般般，不夠她看的。

「我知道，妳只對王爺有興趣嘛。」上官燕倒也不熱衷於安利，又問道：「對了，妳要不要去參加下個月的讀書會？她們都催我好幾次了。」

「讀書會？」夏瑤疑惑道：「還有這種聚會？」

「唉，妳還真是從來都沒參加過京城貴女們的社交活動啊。」上官燕說道：「豈只讀書會，還有詩會跟賞花大會，各個節日也都有聚會，不然天天窩在家裡養蘑菇嗎？妳也該出來和大家一起玩玩了，不然老是和王爺在一起又睡不……又沒進展，遲早要瘋。」

下個月？那她寫的故事應該會在書店販售了，夏瑤想聽聽大家的意見，於是點點頭道：「好呀，那妳和她們說一聲，我也去。」

「好好好！」上官燕開心地說：「我讓她們發帖子給妳，不過……妳看過最近的新書嗎？舊書也行，只是這樣的話同好就少了。記得下個月新出的書一定要看呀，我們一般都是討論最新的話本。」

夏瑤回道：「行，我一定看。」

上官燕滿意地拿起桌上的南瓜餅咬了一口，說道：「好吃是好吃，就是有點膩了。」

夏瑤看時間還早，起身說道：「妳等等，我去做別的給妳吃。」

沈世安最近對奶油和南瓜的搭配很有興趣，剛好夏瑤準備去拜訪道長，便想著要做個南瓜派，不同於鹹口的奶油南瓜濃湯，南瓜派的餡是甜的。

派這種東西，夏瑤認為一定要做得圓圓大大的，然後切成扇形，所以早在做蜜桃派的時候，就叫工匠打了圓形花邊的模具。

麵粉和奶油揉成光滑的酥皮餅乾麵團，鋪在模具裡先烤一輪定型。南瓜在烤爐裡烤過增添焦糖香味，隨後加入蛋黃、淡鮮奶油與糖，一起攪勻過篩，倒入派皮中繼續烤。

一邊做著，夏瑤一邊問幫她打下手的夏妘。「妳娘又來找過妳嗎？」

夏妘看起來心情不錯，回道：「沒有，倒是有村裡人來過，說是他們一家不知道是得了什麼消息，已經搬離了村子，反正無論好壞，都與我無關了。」

聞言，夏瑤想起沈世安說的「解決這種事要一勞永逸」。她挑了挑眉，心裡有數，笑道：「那就好。」

「這都要多謝王妃，」夏妘說道：「若是靠小的自己，可能一輩子也無法擺脫那一家子，大概只能每個月給他們一筆錢，求個清淨。」

如今的社會就是如此，只有父母拋棄子女的份，若是子女不管父母，「不孝」這座大山壓下來，能讓人一輩子抬不起頭。

說到父母，夏瑤抬頭看了看廚房外，問道：「雲落那邊怎麼樣了，妳們可知道？」

夏妘平日並不八卦，倒是一旁的呂二妞接過話道：「聽顧姑娘說，她的錢加上她母親攢的，差不多能贖身了，只是離租房子還差一些，我們都叫她先把她娘贖出來，住在這裡就行，大家都是有難處的女人，又不會嫌棄她母親，她卻不肯。」

只見夏瑤笑了笑，說道：「她們母女倆都是極有主見的人，不會輕易被說服的，就隨她們安排吧，倒是妳，家裡如今如何？妳弟弟可娶到媳婦了？」

「王妃還記得小的家裡的事？」呂二妞有點歡喜，答道：「前段日子小的弟弟不滿意之前說好的那家姑娘，說是覺得小的在京城的鋪子裡做工，還是廚娘，咱們家地位也高了，要娶個配得上他的姑娘。」

夏瑤皺眉，地位高了，那要的錢自然也多，倒是打得一手好算盤！她提醒道：「妳當了廚娘，憑的是自己的本事，和他有什麼關係？」

「可不是，小的回去就把他罵了一頓。」呂二妞看起來心情還挺好的，說道：「小的說不管小的賺了多少，就只給他那麼多銀子娶親，若是不要就算了。啥也不會，倒想換媳婦了，哪有這麼好的事！人家姑娘等了多少年了，說換就換，讓她怎麼辦？」

夏瑤欣慰地點點頭，至少她店裡這些女子如今都很有自己的想法，腦子也夠清醒，至於其他部分嘛……慢慢來吧。

時間慢慢過去，烤爐裡的南瓜香伴隨著奶油味散發了出來，漸漸擴散到前廳當中，客人們不禁四處尋找著香味的來源。

顧雲落見客人們有興趣，開口道：「別找了，是老闆自己在做吃的，不賣。」

有人「唉」了一聲，道：「哪有這樣的，不賣就不要在店裡做嘛，這勾得人多心慌啊。」

顧雲落笑著指了指櫃檯裡的南瓜餅道：「都是南瓜做的，要不您買點南瓜餅吧。」

夏瑤不知道外頭南瓜餅銷量大漲，她從烤爐裡拿出南瓜派，稍稍放涼之後脫模，隨後篩了一層砂糖磨成的糖粉上去。

雪白的糖粉細密輕盈，如同初雪一般覆在金黃色的南瓜派上，讓人食慾大開。

夏瑤切了兩塊下來，差人把剩餘的送回府裡，又叫人泡了茶送到樓上。

上官燕見送來的兩份點心，有些詫異地問：「妳今天怎麼不回去？」

「這兩天跟王爺接觸太多了，」夏瑤拿了一塊南瓜派給上官燕，說道：「而且他上回竟然說我對他講過土味情話，呵，怎麼可能！」

「『土味情話』是什麼東西？」上官燕吃了一口南瓜派，瞬間震驚於那細膩的口感，讚道：「好好吃！」

南瓜派的基底是奶油餅乾，一碰就碎了，裡面的奶油南瓜餡細密濃甜，軟得像布丁，還有厚重的奶香味。

夏瑤嚥下嘴裡的南瓜派，又喝了口茶，對上官燕說了雪兒的事。「他竟然說我說話和那個男人一樣，氣不氣人？」

上官燕沈默了一會兒，說道：「不去想那個男人是騙子的話，這些話在我看的話本裡還挺常見的，若兩個人心意相通，感覺……其實沒那麼難以接受？」

夏瑤一愣，突然想起自己之前調戲沈世安時說過的話來，頓了一下後，她淡定地否認。「不，我沒說過。」

上官燕又吃了一口南瓜派，說道：「難怪妳搞不定王爺。」

沈世安在府裡收到了夏瑤派人送回來的下午茶，有些疑惑地說：「王妃那邊怎麼了？為什麼不回來？」

「回王爺的話，王妃和上官小姐都還在點心鋪子。」被派來的僕從說道。

沈世安一聽就知道夏瑤又陪著上官燕了，「哼」了一聲轉身離開，走了兩步又回過頭來道：「把點心拿到後花園去。」

南瓜派獲得了上官燕和沈世安的認可，第二天夏瑤又做了一些，和沈世安一起前往道觀。

小徒弟開了門，笑道：「道長說王妃這幾日會來，果然沒錯。」

夏瑤如今和她也熟識，叫人把食盒遞給小徒弟道：「道長是覺得妳們饞了吧？我特地多帶了些，妳們自己分吧。」

小徒弟接過食盒，雀躍道：「那王爺和王妃自己去找道長行嗎？」

夏瑤點點頭，看著她小跑步離開了，沈世安不禁說道：「妳和道長倒真的是熟識。」

「其實也就見過幾次面而已。」夏瑤扶著他往後院走，又道：「只是道長很會猜別人的心思，所以對她沒什麼好隱瞞的，就這樣熟稔起來了。」

沈世安挑了挑眉，似乎是有些不信地說：「妳這樣傻乎乎的小丫頭，誰猜不到妳的心思？」

夏瑤歪頭瞥了他一眼，狡黠道：「你猜得到我想什麼？那你說我現在……」

沈世安立即打斷她。「清修之地，那些話別說。」

行吧，還真猜到自己又想調戲他……夏瑤悻悻地閉了嘴，抬手敲了道長的房門三下。

「王爺、王妃，請進。」裡面傳來一道清冷的聲音。

夏瑤推開門進去，發現道長在原先她常坐的地方又加了一個蒲團，儘管清楚這位道長的確有些本事，她還是覺得很神奇。

沈世安在左邊的蒲團上坐下，他長手長腳的，看起來有些憋屈，不過坐得倒是很穩。

道長笑了笑，說道：「瑞王爺，久仰。」

沈世安點頭道：「道長。」

夏瑤在右邊坐下，看沈世安彷彿豎起全身尖刺的樣子，心裡「嘖」了兩聲，道：這個人又開始了。

道長顯然是注意到他的狀態了，但她什麼也沒說，只是伸手倒了兩杯茶。「喝口茶吧，是觀裡自己炒的，味道雖然一般，卻有幾分意境。」

夏瑤不客氣地伸手拿了一杯，稍稍抿了一口，笑道：「道長謙虛了。」

沈世安不打算跟她客套，逕自問道：「道長可知我們為何而來？」

道長將手中的茶杯放到桌子上，說道：「王爺想知道這兩次針對你的人是不是前太子？的確是他。」

沈世安露出不解的神情問道：「為何？」

此時門被敲響，是小徒弟送了切好的南瓜派進來，道長等她將派擺在桌上後離開，才回道：「貧道還在師門的時候，師父曾經窺得一線天機，只是當初為時尚早，沒人知道那到底是什麼意思。」

「那現在呢？」沈世安問道。

「師父離世之後，貧道和師兄兩人對那道天機有不同的理解，」道長的神情有些無奈，說道：「我們誰也無法說服誰，所以自那時起便分道揚鑣。」

「道長是說……前太子那邊的人，是您的師兄？」夏瑤問道。

道長頷首道：「這段時間貧道一直在觀察他的情況，如今可以確定是他。」

夏瑤皺起眉頭，不解道：「那為何他要針對王爺？他若是有心復起，不是應該對陛下……」

「因為那道天機的關鍵是王爺，」道長說道：「瑞王生，天下歸當今陛下；瑞王死，前太子便可反擊。」

夏瑤頓時愣住了，半晌才看向沈世安，道：「所以王爺你其實是個……工具人？」

沈世安臉色變了變，說道：「那麼，當時他要毒殺我，並非是覺得我威脅到了他。」

道長搖頭道：「那倒不是，據貧道推算，貧道的師兄應該是在前太子逃走後才和他勾搭上的，所以前太子現在應該很後悔當時沒有一擊中的。」

「可是到底是為什麼呢？」夏瑤疑惑地說：「我知道天機自然有其道理，但也得有個邏輯吧，難不成就因為王爺和陛下是同父同母的親兄弟？」

「緣由究竟為何，時機未到，沒人猜得出來。」道長用勺子挖下南瓜派一角，說道：「該說的貧道都說了，王爺平日多加防範吧。」

沈世安開口問道：「那道天機中，是不是還提到了王妃？」

道長倒是不意外他能猜中，笑道：「王爺聰敏，確實是提到了，不然你們兩人如今怎麼會一起來呢？」

夏瑤抱著雙臂道：「那我就是工具人的工具人唄，而且是沒有起到什麼作用的工具人。」

她瞄了沈世安的雙眸一眼，有些鬱悶。

「王妃少安勿躁，」道長說道：「時機若到，問題自然會解決。」

告別時，道長拿了一封信交給沈世安，說道：「請王爺將這個轉交給陛下。」

夏瑤見那信沒封口，問道：「道長不怕我們看？」

「要看便看，」道長不在意地說道：「就是今日貧道和你們說的那些而已，貧道若是不寫信，陛下這幾日也會差人來問，所以貧道乾脆先告知陛下。」

夏瑤覺得道長彷彿是個提前完成工作的社畜，還挺敬業的，頓時對那封信失了興趣。

上了馬車，沈世安將信封遞給夏瑤，道：「打開看看。」

夏瑤挑了挑眉，接過信封一抽，就見裡頭掉出了一張紙。夏瑤從地上撿起來看了一眼，忍不住笑出聲來，按照上頭寫的念道：「王爺定然要看這信。」

沈世安不高興地說：「我若是不看，她這紙條豈不是直接遞到了皇兄那裡？」

「但是你看了啊，」夏瑤邊打開那封信邊說道：「所以說道長還是算得很準，不是嗎？」

沈世安「哼」了一聲，不想接這句話，只問道：「信上寫了什麼？」

信不長，夏瑤很快就看完了，的確和剛剛對他們說的沒啥差別，只是多了一條——讓陛下重視她。

「重視我？」夏瑤不解地說：「為什麼要重視我？」

「道長有她的考量吧。」沈世安想了想，大致上明白道長的意思，只道：「這不是好事嗎，以後妳想做什麼，至少皇兄那邊不會拒絕。」

夏瑤也覺得這樣不錯，她將信重新摺好放回去，遞到沈世安手裡道：「王爺直接去宮裡？」

沈世安點點頭，突然想到一件事，說道：「過幾日我三皇兄要回來，宮中會舉辦宴會，妳準備一下。」

「三皇兄？」夏瑤還是第一次聽沈世安提起另一個兄弟，應道：「好，要準備什麼東西？」

「前段日子妳不是釀了菊花酒嗎，帶一些去好了，就是家宴而已，不必緊張。」沈世安說道：「三皇兄每年這個季節都會回來一趟，為了吃螃蟹。」

這位三皇兄到底在哪裡啊，竟然連螃蟹都要回宮才能吃？夏瑤心中滿是疑惑，心想回去以後要趕緊問問小環她們才行。

沈世安送夏瑤回王府後便進了宮，夏瑤一進院子就將小環和望月叫過來，她們跟著沈世安很久了，對他的事更了解。

「王妃是說鎮南王啊？」小環說道：「他常年駐守邊關，每年只有這個時候才會回來，就為了吃螃蟹。」

夏瑤隱約記起春日宴時有人提過這件事，不過當時沈世安遇險，她就完全把這位王爺拋在了腦後，這會兒小環一提，她倒是想起來了，問道：「就算是過年，也不回來？」

「將士們過年都不回家，鎮南王自然也不會回來。」望月說道：「所以每年十一月的蟹宴對鎮南王來說就是團圓的日子。」

夏瑤點點頭道：「我明白了，所以鎮南王格外喜歡螃蟹，那他可中意用螃蟹做的其他吃食？」

「應該中意吧，宮裡一般都做蒸蟹和醉蟹，再配些其他料理。」小環說道：「王妃要做別的菜嗎？」

「我這幾天正想著要不要做螃蟹料理呢，」夏瑤說道：「既然正好趕上，不如就一起吧。」

第三十五章　借酒裝瘋

幾日後，鎮南王沈滄便回來了，他在京城有自己的府邸，只是這幾年不常回來，他又未娶王妃，王府便一直空置著，回來也是直接住進宮裡。

參加宴會的人不多，除了陛下、皇后跟幾位妃嬪之外，便是長公主沈玉，還有幾位王爺與王爺的家眷們。

夏瑤還是初次見到後宮幾位妃子，不禁好奇地多看了兩眼，感覺她們和皇后的風格完全不一樣，而且平常並不出席活動，看起來好像不受寵。

沈世安像是猜到她在想什麼，低頭解釋道：「幾位妃嬪都是重臣家的女兒，算是朝堂上的相互牽制。」

夏瑤了然地「喔」了一聲，有些慶幸自己不是穿越到後宮。

不過今天的主角是鎮南王沈滄，夏瑤轉頭在自己那一排看了一下，並未看到什麼陌生人，問道：「三皇兄還沒來嗎？」

「應當是和皇兄一起來，」沈世安說道：「三皇兄是守衛勵國邊疆的功臣，總要給足他面子。」

夏瑤點點頭，又問道：「三皇兄是什麼樣的人？」

陛下、沈清跟沈世安長得都還不錯，夏瑤心想既然是同父異母的兄弟，沈滄即使常年駐守邊關，相貌大概也不會太差。

沈世安認真思考了一下，覺得有些難以形容，只說道：「妳一會兒自己看吧。」

夏瑤頓時好奇起來，此時聽見傳話的太監高聲道：「陛下駕到，皇后駕到，鎮南王駕到！」

眾人趕緊起身恭迎，夏瑤小心翼翼地用眼尾餘光看去，結果因為過於震驚，忘了請安，幸好所有人同時開口，少了她的聲音也沒人發現。

夏瑤愣愣地看著鎮南王沈滄，開始思考基因的問題。體格強壯、膚色黝黑，還有一把落腮鬍……簡直跟《水滸傳》當中的李逵一個樣子！要麼鎮南王的娘親是李逵，要麼他娘的情人是李逵，今夜沒有一個李逵是無辜的。

一直到沈滄在沈世安身邊入座，夏瑤還忍不住偷看他，只見沈滄伸手拍了拍沈世安的肩膀道：「小五，旁邊的是你媳婦兒？不給哥哥介紹一下？」

幸虧沈世安早有準備，才沒有被李逵……喔不是，是被鎮南王一掌拍到桌子上。

夏瑤這會兒直接從沈世安身後探出頭，朝著沈滄揮揮手道：「三皇兄，我叫夏瑤。」

她本來就對這邊的規矩不是很了解，沈世安也從不約束她，就讓她這麼胡亂蒙混到現在，周圍的人早就見怪不怪。沈滄先是愣了一下，隨即爽朗一笑道：「你這小王妃倒是有趣，像邊關的姑娘，不錯。」

沈澈在上首說道：「鎮南王，今日的菊花酒可是瑞王妃釀的，比以往的好了不少，王妃還親自做了兩道菜，你一會兒可以猜猜是哪兩道。」

席中有人開口道：「鎮南王這一年不在京中，可是不知道瑞王妃如今風頭正盛，除了有一手好廚藝，還開了間點心鋪子，可惜你只能在京中停留幾日，不然可以去那鋪子裡逛逛，聽說掌櫃的極為貌美，堪稱京中一絕啊。」

這可算不上什麼好話，夏瑤微微偏頭看去，見說話的是位沒見過的王爺，年紀看起來和康平王差不多，應該是皇叔那一輩的。

明明是間點心鋪子，他卻只強調掌櫃貌美，言語中的輕蔑感呼之欲出。

夏瑤無視他，轉頭對沈滄說道：「三皇兄若是想吃，這幾日我多做些，送幾份來宮裡可好？」

只見沈滄爽朗地笑道：「極好極好，小五啊，你媳婦兒可比你大方多了，你小時候就只知道和三哥搶東西吃！」

沈世安對他倒是沒什麼脾氣，回道：「那時候不懂事。」

看他們聊得其樂融融，剛剛挑事的王爺有些不爽，又開口道：「瑞王啊，你這王妃可真有些不懂事，給別的王爺說送吃的就送吃的？怎麼也得問過夫君的意思吧，這說好聽了是直率，說得不好聽……」

他話還沒說完，沈世安一抬手，面前一根筷子就猛然飛了出去，將那王爺桌上的酒杯打落在地。

沈世安面若寒霜，冷聲道：「不好聽的話就別說了，我的事還輪不到您來管。」

那王爺驚得跳了起來，反應過來後就顫抖著手指向沈世安，道：「你、你簡直不識好歹！」

沈澈的聲音適時響起。「三皇叔，是年紀大了手抖嗎，怎麼連杯子都端不住？來人，給三皇叔換一個杯子。」

這明擺著是要包庇沈世安了，那王爺憤憤地站了一會兒，還是坐下了，閉著嘴一句話也不說；沈世安怒意未消，夏瑤偷偷在桌子底下捏了捏他的手安慰，他的臉色才好看了些。

有了這一齣，其他人當下就明白瑞王爺並非脾氣變好了，只是有了王妃，便不輕易和人計較而已，一時之間有心挑事的都被壓了下去，宴席上頓時有種虛假的和平氛圍，不過夏瑤這邊氣氛倒是很好，幾個人還能說笑。

皇宮年年都要開蟹宴，螃蟹的品質上等，蟹肉鮮甜，蟹黃和蟹膏的量也極滿，夏瑤伸手掂了掂分量，就知道比她差人買的螃蟹更好。

蟹醋可以自己調配，也可以叫御廚調了送來，既然來到皇宮，大夥兒自然都是要御廚調好的蟹醋，只有夏瑤讓人拿了材料上來。

薑末放在碟子裡，用糖醃漬片刻，再用另一只小碗，倒入小半碗醋、一點醬油跟一點鹽調製成蟹醋，最後再把剛剛用糖醃過的薑末倒入碗中攪勻。

「早點知道的話就能釀些檸檬醋了，味道會更好。」夏瑤調好蟹醋，剝了一條蟹腿蘸了蘸，遞到沈世安嘴邊，道：「王爺嚐嚐。」

沈世安低頭吃了，點點頭道：「的確比以往的味道好。」

一旁的沈滄砸了咂嘴道：「唉呀，看來今年蟹醋的糖放多了呀，太甜了！」

沈世安向來不多話，夏瑤便接話道：「三皇兄要試試我調的嗎？」

聞言，沈滄挑了挑眉，似乎覺得她有趣，頷首道：「那就煩勞弟媳了。」

他說話不特別強調身分，和夏瑤相似，她覺得挺舒心的，便迅速地為他調了一碗蟹醋。

蒸蟹和醉蟹都是一人一隻，倒不是陛下小氣，是因為後續還有不少菜，這種宮廷宴會，大家不是光來吃東西的，畢竟除了鎮南王，這些人也不缺螃蟹吃。

兩隻蟹吃得差不多時，其他菜陸陸續續上來了，沈滄指著呈上來的一道蟹釀橙說道：「這是瑞王妃做的吧？」

蟹釀橙的作法不難，樣子又好看。首先將橙子挖空當作器皿，橙肉則擠成汁待用；蟹蒸熟後剔出蟹肉與蟹黃，加入酒、糖、醋，與橙汁一同煸炒，炒完的蟹粉盛入橙盅內並蓋上橙蓋。之後取一小碗，加少許水、醋與酒，將橙盅放入此小碗後用紙包裹，上籠蒸十餘分鐘後取出即可。

沈澈問道：「鎮南王怎麼一猜就準？」

卻見沈滄不給面子地揮揮手道：「這宮裡的御廚啊，來來回回就那幾個菜，什麼時候做過這般精緻的菜餚？」

沈澈被他損了一下，倒也不生氣，只笑道：「鎮南王嚐嚐，瑞王妃的手藝可是比御廚還好，平日也只給世安一人做吃的，若不是你回來，朕還沾不上這光呢。」

這話裡親近的意味明顯，底下的人面面相覷，對瑞王夫婦在陛下心中的地位有了更明確的認知。

夏瑤看著沈滄伸手拿過橙子，一時不禁有些後悔。那橙子捏在他手中，小得像是一口就沒了，應該單獨給他做一盤才對。

沈滄用小銀勺挖了一勺蟹釀橙送入口中——蟹粉鮮美濃厚，橙子氣味微酸，恰好掩蓋了蟹粉的腥氣，讓口感更為清甜，他點頭滿意道：「不錯，比之前那些菜滋味好多了，就是只有一個能吃，少了些。」

聽到他這麼說，沈世安就拿自己那個遞給他，道：「三皇兄把我這份也吃了吧。」

沈滄伸手接過來，有些驚訝地說：「小五不愛吃？」

就見沈世安淡定道：「前幾日王妃在家做了幾次，有些吃膩了。」

吃膩了……沈滄手一抖，差點把手裡的蟹釀橙擠壞了，趕緊挖一勺塞進自己嘴裡。

唉，好吃，就是酸，真酸啊……

夏瑤做的另一道菜是蟹黃灌湯包，雖然也很美味，但是蟹釀橙珠玉在前，眾人的反應就沒那麼誇張了。

沈滄一個人吃了兩籠湯包，心滿意足道：「真是許久不見這麼小的包子了，我們那邊的包子一個頂妳這一籠，我還得吃六個咧。」

夏瑤心想：鎮南王啊，你快閉嘴，這形象真是越來越像李逵了……

酒足飯飽之後，大家便聊起天來，沈滄差人送了一壺酒上來，對夏瑤道：「弟媳的菊花酒釀得不錯，可想嚐嚐我從邊關帶回來的烈酒？味道不錯喔。」

夏瑤好奇地讓他倒了一杯出來，低頭聞了聞，酒香撲鼻，倒不覺得烈。

抿了一口，夏瑤頓時眉一皺——這酒的確烈，入口跟火燒似的，一路燒到喉嚨，她猛地咳了兩聲，臉一下子紅了。

沈滄「唉唷」了一聲，道：「這酒真的烈，弟媳怎能一口喝這麼多！」

沈世安沒能來得及攔住夏瑤，一時有些不高興地說：「那你給她喝做什麼？」

夏瑤吃了口菜壓了壓，覺得好像沒事了，便拍拍沈世安的手臂道：「我只喝了一口，沒關係的。」

幸好宴會過沒一會兒就結束了，兩人上了馬車，剛走到半路，夏瑤就覺得腦子暈乎乎的，片刻後坐在一旁的沈世安察覺到了不對，卻沒來得及擋住那個朝自己撲過來的人。

夏瑤帶著一股酒氣趴到沈世安身上，湊到他脖子邊狠狠地吸了一鼻子說：「王爺，你好香啊。」

沈世安嚇了一跳，伸手去推夏瑤時，指尖不小心碰到她的臉頰，只覺一片滾燙，心知她肯定是喝醉了。

「王妃……王妃，」沈世安不敢用力推開夏瑤，眼看她就要把臉埋進他肩頸處時，他不得不抓住她的手道：「阿瑤，妳清醒一點！」

夏瑤被限制住了行動，皺起眉不滿地思考了兩秒，等抬頭見到沈世安的臉時，她又笑了，聲音甜膩道：「怎麼啦王爺？」

「妳喝醉了，」沈世安打開車窗讓秋天夜晚的冷風吹進來，說道：「一會兒回府裡喝些醒酒湯。」

「我不要。」夏瑤被風吹得哆嗦了一下，又往沈世安懷裡蹭，喊道：「好冷，關起來！」

沈世安怕她著涼，只好把車窗關上，試圖把在他懷裡亂拱的人控制住。

折騰了一路，到下馬車的時候，沈世安覺得自己都要出汗了，好在被外面的冷風一吹，夏瑤就安靜了下來，縮在他懷裡不動了。

沈世安抱著她進了院子，吩咐晚秋道：「叫人去煮些醒酒湯過來。」

晚秋驚訝地看了他懷裡的夏瑤一眼，趕忙收回目光急匆匆地退下去了。

沈世安彎腰把人放在床上，還未來得及直起身，就被夏瑤一把揪住衣領往下拉。沈世安在毫無防備之下，竟然被她拉得一頭栽了下去，小環原本正要進來伺候，一見這情景，大氣也不敢喘，立刻轉身出去了。

「王妃？」沈世安被夏瑤壓在身下，有些不自在地說：「妳先讓我起來，我叫人進來照顧妳。」

夏瑤皺了皺眉，覺得沈世安囉囉嗦嗦的實在是煩人，但她兩隻手都被他抓著，捂不了他的嘴，乾脆低下頭直接堵住了那兩片唇。

沈世安腦子裡頓時一片空白，茫然地瞪大了眼睛，手也鬆開了。

夏瑤伸手去解他的衣帶時，沈世安驚慌地按住她的手道：「不行！阿瑤妳冷靜一點！」

「『不行』嗎？」夏瑤疑惑地往下看了一眼道：「不像是『不行』的樣子啊？」

沈世安簡直羞憤欲死，把她從身上推下去，拉過一邊的被子蓋住自己，道：「妳、妳怎麼……」

夏瑤掉下去時撞到了旁邊的牆，雖然不疼，可她忽然間委屈起來。

「沈世安！你混蛋！」酒後情緒失控，夏瑤衝著他大喊，然後就趴在床上開始哭。

晚秋端著醒酒湯剛走到房門口就被嚇了一跳，一時之間猶豫著要不要敲門，卻被長青「噓」了兩聲，拉著她走遠了些。

沈世安被罵了，還未反應過來就聽見夏瑤在哭，頓時顧不得尷尬，稍微離開原位，慌亂地摸索著拍了拍她的背道：「妳、妳怎麼了？」

夏瑤爬起來胡亂地擦了兩下臉，抽抽噎噎道：「你、你要是真的這麼不喜歡我，以後就離我遠一點，反正我們成親是為了治你的眼睛……等你眼睛好了我就走，你愛娶誰就娶誰。」

「我沒有……」沈世安低頭說了一句，聲音小到聽不清。

夏瑤湊過去問道：「你沒有什麼？」

沈世安馬上往後閃躲，有點結巴地說道：「沒有……不喜歡妳。」

聽他這麼說，夏瑤挑了挑眉。其實她醉得不厲害，在外頭吹了一會兒風，剛剛又哭了一場，差不多已經清醒了。

她湊得近了些，問道：「那王爺是喜歡我的？」

沈世安耳根通紅，輕輕點了點頭。

夏瑤的心猛然跳空了一拍，愉悅和欣喜像是一顆顆小小的氣泡從心頭冒出來，忍不住貪心地想得到更確切的答案。

「那你說啊，」夏瑤彷彿是一隻哄騙小白兔的大灰狼，趴在沈世安耳邊催促道：「你說出來我才知道。」

按照沈世安的性格，若是不喜歡，夏瑤早就被他扔到門外去了，所以她心裡也有數。

然而，對於沈世安這種非常不善於表達情感的人來說，讓他親口說出「喜歡」兩個字，可能比讓他把命交給夏瑤都難。夏瑤很清楚這一點，但是他如果一直這麼隱藏自己，未來兩個人之間只會有更多誤會。
「你不說，我就動手了喔？」夏瑤做勢要掀開被子去解他的衣服。
「別！」沈世安驚慌地抱緊了被子，緊張道：「我、我……」
「你什麼？」夏瑤歪著頭，拎著被角問道。
「我、我喜歡妳。」沈世安說完就撇過頭，但心情卻莫名輕鬆了不少。
夏瑤滿意了，她退開了一點，又有些不明所以地說：「既然你喜歡我……那為什麼……」
沈世安臉上的紅暈還未褪去，聽她這麼問，神色一變，遲疑地說道：「我、我身上的毒恐怕還未解完，若是妳不小心有了身孕……」
「所以你一直不願意跟我住在一起，是因為這個？」夏瑤問他。
沈世安猶豫了一下，點點頭。
夏瑤直覺他這麼做的原因可能不只這一個，但是這並不重要，她扯了扯沈世安的被子道：「那你現在怎麼辦？」
沈世安被這麼一提醒，驚覺自己身體的反應還未消失，又窘迫了起來，遮遮掩掩地要起身，說道：「我去洗個澡就……」
夏瑤一把按住他的肩膀，湊到他耳邊小聲道：「其實不……的方式也有很多，你知道嗎？」

沈世安的睫毛疑惑地顫動了幾下，就聽見夏瑤小聲道：「我幫你啊。」

他什麼都不懂，倒是方便夏瑤使壞，沈世安恨不得把自己的臉藏進枕頭裡，整個人燙得像是要燒起來，咬著唇不想發出聲音。

偏偏那壞丫頭還湊在他耳邊問：「這樣行嗎？要不要快一點？」

沈世安抬起手臂擋住自己的臉道：「妳、妳別問了。」

「好吧，這是你自己說的喔，」夏瑤得逞地笑著拉下他的手臂，輕聲道：「別擋著，我想看看你……」

第三十六章　意氣相投

晚秋和長青在廊下等著，見房間裡面半晌沒動靜，她不禁猶豫道：「不會是睡著了吧？」

長青也覺得有些奇怪，不過他第一次面臨這種情況，毫無經驗，只好說道：「再等等，再等等。」

晚秋看了看手上的醒酒湯，說道：「那我去把這個熱一下，說不定還用得上。」

她剛離開，長青就聽見門內有聲音，他忙走近了些，就看到夏瑤稍稍將門打開了一條縫，吩咐道：「去叫人給王爺放洗澡水。」

長青瞪大了眼睛，用見了鬼的表情說：「王妃，王……王爺呢？」

「王爺當然在裡面啊，」夏瑤無語地看著他，說道：「你怎麼魂不守舍的？對了，先打盆熱水來。」

長青恍恍惚惚地應了，轉身走了兩步又回過頭來，呆呆地問道：「是在您這裡洗還是回去洗？」

「當然是在我這裡洗，這麼冷的天，王爺又出了汗，回去豈不是要著涼？」夏瑤理所當然地說道：「快些啊。」

長青一臉茫然地轉頭離開，覺得自己的人生經驗被徹底顛覆了，走到半路時，他遇到了熱完醒酒湯走回來的晚秋。

「長青？」晚秋攔住他，道：「你去哪兒？」

「王妃叫人給王爺放洗澡水。」長青說道。

晚秋愣愣地說：「王妃？」

長青肯定地點點頭道：「對，王妃，她還叫人送盆熱水過去。」

夏瑤對自己毀壞別人三觀的行為毫無所覺，回房就見到沈世安把自己整個埋在被子裡，她過去扯了扯被子道：「快出來，你不悶啊？」

沈世安窩在裡頭悶聲道：「不要。」聲音還帶著些殘餘的鼻音。

夏瑤摸了摸鼻子。她承認剛才是把人欺負得狠了些，因為沈世安的反應太過可愛，她一時沒能收得住手。

被子裡的確是悶，沈世安鬱悶地將臉稍微露了一些出來，咬了咬唇道：「妳、妳為什麼會……」

這個嘛，誰沒看過點不能讓別人知道的小故事呢？夏瑤非常機智地把鍋丟給了上官燕。「喔，燕兒最近在我那邊看書，我覺得無聊，就跟著看了點。」

因為看不見，連成親前的必要步驟都被省略的王爺，默默地把頭又縮回了被子裡。

夏瑤要的熱水很快就送來了，她攔住想進來幫忙的長青，接過水盆又關上了門。長青看了看自己空空如也的雙手，覺得自己可能是見識得太少，被限制了想像力也不一定……

夏瑤將那盆熱水放到床邊，絞了帕子道：「我給你擦擦。」

沈世安一隻手伸出了被子道：「我自己來就行。」

「現在害羞什麼啊，剛剛不是……」夏瑤停住了嘴，選擇放過沈世安，她把帕子放進他手裡，順便放下床帳道：「好啦，我不看你。」

之後，沈世安拒絕了夏瑤一起洗澡的提議，而且洗完澡就回到自己院子裡，夏瑤忍不住翻了個白眼，心想：呵，男人！

晚秋的醒酒湯最終還是沒派上用場，夏瑤第二天醒來倒也不覺得頭疼，鎮南王給的酒雖然烈了點，但似乎沒什麼副作用，還帶來了「意外的驚喜」，說是上等好酒也不為過。

大概是因為終於解決了心裡惦記著的事，夏瑤格外神清氣爽，早早就起床了。

廚娘們已經在準備今天的食材，夏瑤去巡視了一下，問晚秋。「王爺還沒起來嗎？」

晚秋搖搖頭道：「那邊沒動靜，應該是還沒起來。」

其實沈世安已經醒了，他昨天很早就歇下，也沒作什麼亂七八糟的夢，所以醒得早，只是他不知道該用什麼態度面對夏瑤，一時之間有些糾結，躺在床上裹著被子不想動。

直到外面漸漸傳來食物的香氣，他才揉了揉咕嚕叫的肚子。昨天晚宴他吃得不多，回來又折騰了好一陣子，沒再吃什麼就睡了，這會兒餓得前胸貼後背，又不斷聞到食物香味，胃都要痙攣了。

夏瑤煮的是紅燒牛肉麵，天氣變冷的時候，她早餐就喜歡吃這種熱呼呼、滋味十足的湯麵，既能填飽肚子，又能讓人迅速暖和起來。

兩碗麵做好，夏瑤便逕自去敲了沈世安的房門道：「王爺，起來吃早飯了。」

她完全沒有異樣，好像昨晚的一切是一場夢似的，沈世安終究抵不過來自胃的抗議，掀開被子爬了起來。

牛肉軟爛入味，在嘴裡嚼幾下就化了，細細的麵條裹著香濃的湯汁，一口吸入嘴裡，鮮香濃郁。沈世安吃了幾口麵，總算緩解了饑餓感。

夏瑤猜到他會餓，今天給的分量比平時還多，所以她都吃完了，沈世安的碗裡卻還有。

吃過早飯，夏瑤去了趟鋪子，還順便去書店，發現登了自己那幾篇故事的新書已經上架了。她喜孜孜地買了兩本，一本放在店裡，另一本帶回王府的書房中，這可是她第一次發表文章，值得紀念！

原本一切都好好的，直到晚上，沈世安發現夏瑤竟跟著他一起回到他的院子裡時……

「阿瑤？」沈世安有些疑惑地問道：「妳不去歇息？」

「要歇息啊，」夏瑤非常自然地進了他的房間，說道：「我叫晚秋幫我把被子都搬過來了。」

此話一出，就見沈世安沈默了一會兒。

夏瑤看似不在意，心裡卻緊張得要命，生怕沈世安來一句「那我去書房睡」，然而他只是在原地站了片刻，隨即說道：「那得叫人打一張大些的床了。」

王爺和王妃就這麼突然又迅速地住到了一個院子裡，所有人高興的同時又有些不明所以，只有當事人明白這不過是水到渠成。

沈世安有所顧慮，夏瑤也暫時對生孩子沒興趣，所以行事很小心。不過夏瑤睡了兩天之後，覺得應該趕緊安排一張大床，因為她一個人睡慣了，生怕自己一個不小心就把他給踹下去。

幾天後，夏瑤收到了讀書會的帖子，這次宴會的舉辦人是上官燕，夏瑤看著帖子挑了挑眉，心想難怪她這麼熱情地邀請自己。

「瑤瑤！」

剛下馬車，夏瑤就看見上官燕在家門口朝她招手，她對上官燕笑了笑，走了過去。

「瑤瑤，妳還是第一次來我家吧？」上官燕挽著她的手說：「我大嫂也來了，妳要先進去找她還是在門口陪我？」

夏瑤認識的人不多，加上好久沒跟沈玉聊聊了，便說道：「我先進去吧，對了，妳要的點心送來了？」

「已經來啦，顧姑娘還給我擺了個什麼……甜品臺？這又是妳想出來的吧？快進去看看！」上官燕興奮地說道。

甜品臺的確是夏瑤想出來的，發了帖子之後，上官燕就打算訂「三顧」的點心來請客人，夏瑤覺得光是用碟子裝普通了些，問過人數後就設計了甜品臺。

酒水是桂花酒釀和青梅酒；甜口的點心有茶香牛奶球、葡式蛋撻、奶油餅乾；鹹口的有切成小份的牛肉三明治和夏瑤最近剛剛做出來的蛋黃酥。

甜品臺就擺在水榭裡，先抵達的貴女們看著精緻的擺設，不由得面面相覷。不過參與這類聚會的人，本來就最容易接受新事物，很快的，她們就在丫鬟的解說下選擇了自己想要的點心，叫人送到她們桌上。

夏瑤轉了一圈沒看到沈玉，便要了一壺桂花酒釀和一個蛋黃酥，剛到自己位置上坐下，就聽見旁邊幾個姑娘在討論這期的新故事，恰好就是她寫的那幾篇。

「那位遠山居士是新人嗎？」有小姐問道。「先前好像從未見過她的作品，文筆流暢不說，情節也很扣人心弦，若是之前出現過的作者，我一定有印象。」

夏瑤為自己倒了杯酒，心想當然文筆流暢啊，畢竟是王爺改過的。

「那幾篇故事也新奇，」另一個小姐說道：「給我的感覺和以前的故事都不一樣，以前看完那些故事，讓人只想找個合心意的郎君，過上安穩幸福的日子；這幾篇故事看完，真是讓人難以平靜，覺得自己也能做點什麼改變一下這個社會，而不是只沈浸於家裡那些事。」

「可不是嘛，」又有小姐插話道：「我看了那個妓子的故事，一時之間覺得沒那麼厭惡那些賣笑女子了，她們只是為了活下去而已，而且活得那麼艱難，真是可憐……」

「作者不是還在後言裡寫了，如今那些青樓女子可以為自己贖身，不像之前有些朝代，只能待在那裡被折磨一輩子，最後被人用一疋破麻裹了扔到荒郊野嶺，就這樣結束了一生。」

「是啊，想想真覺得害怕。」

「我倒是挺喜歡那個狐妖的故事呢。」有人打破了低迷的氣氛，說道：「以往那些故事都是什麼狐妖向書生報恩，又是給銀子又是指導學業，最後書生功成名就，狐妖還要自毀修為替他生孩子，修煉那麼多年，報完恩還是逃脫不了生老病死，有什麼意思？這回的狐妖我就喜歡，行俠仗義、快意恩仇、懲惡揚善，最後還因為積善成德踏上了仙途，真令人爽快！」

「是啊是啊，我也覺得！看完這個故事，我就想，以前那些作者眼光真是狹隘，怎麼精怪好不容易修煉成人，最後還是過起生兒育女、相夫教子這般無聊的生活呢？這回的狐妖才是踏上了修煉的正途，要不天庭上豈不都是男神仙了？」

夏瑤抿著桂花酒釀，聽得內心雀躍，心想：繼續誇不要停，說得真不錯！

有人注意到她一個人安靜地坐在旁邊，使了個眼色給其他人，邀請她參與討論。

「瑞王妃可看過？」

夏瑤伸出去拿蛋黃酥的手收了回來，回道：「啊，看過了。」

與會的人都是貴女，才剛聽說過皇宮舉辦家宴時，有個王爺說了夏瑤幾句，讓沈世安直接翻臉的事，加上她從未參加過聚會，不禁擔心她是否有些驕縱，如今見她似乎挺好說話，一下子全湊了過來，七嘴八舌道——

「瑞王妃喜歡哪篇故事？」

「告訴我們吧！」

「是啊，說來聽聽吧？」

「我嗎？」夏瑤想了想，答道：「〈亡國公主〉吧。」

「啊！那篇啊，我都看哭了。」

有人接話，夏瑤看了她一眼，似乎是吏部侍郎家的女兒。

那小姐繼續說道：「公主回到少女時期，用自己的力量平定內亂、抵禦外敵，真的太讓人激動了。」

夏瑤朝她笑了笑，暗道：知音啊！

她剛說完，有人就怯生生地在旁邊說道：「但是公主後來……自己登上了皇位呢，是不是有些不合理啊？」

這位似乎是禮部尚書家的孫女……夏瑤對官場第三代記得不太清楚。

「公主登上皇位怎麼了？」似乎有剛剛進來的人聽到了，直接反駁道：「公主以一己之力退敵救國，甚至親自上戰場，她比那些懦弱的男子更有資格當那個國家的統治者！」

夏瑤覺得那聲音耳熟，轉過頭去一看——果然又是王秋語。

有爭論是好事，至少說明了大家都在思考，幾個人正因為公主該不該自己登上皇位的事情妳來我往，夏瑤則對走到她身旁的上官燕吐槽。「為什麼她的想法每次都和我一樣？」

上官燕小聲回道：「妳們還喜歡同一個男人呢。」

夏瑤被這話頂了一下，默默地拿起了蛋黃酥。

然而她一個王妃坐在那裡，實在是太有存在感了，有喜歡挑事的人故意對王秋語道：「王姑娘和瑞王妃喜歡的故事倒是一樣呢。」

還在和人辯論的王秋語瞬間停下嘴，有些難以置信地看向夏瑤。

「是我先說的！」夏瑤趕在她開口之前說道。

王秋語被搶了個先，原本想說的話憋了回去，只回了一句。「我又沒說什麼。」

兩個人對視了一會兒，王秋語也不辯論了，轉身去找自己的位置，夏瑤不經意地往旁邊瞟了一眼，記住了那個挑事的人。

撇除這一點小小的不愉快，整個讀書會還是挺歡樂的，畢竟是新一期的作品，故事也新穎。夏瑤寫的那幾篇故事基本上是讀書會的焦點，有人覺得內容很好，有人則覺得某些部分描述過激了。

夏瑤悄悄將意見記在心裡，這些小姐的觀點多少能表達她們所處的環境對女人的態度，既然大部分姑娘能接受〈亡國公主〉的故事，那她對於後面要寫些什麼也有數了。

讀書會雖然是以分享為主，但還是要考一考大家的，結束之前，有丫鬟拿上筆墨，讓眾人留詩作紀念。這些參與者應該都知道今日要寫詩，無論是自己寫還是叫人代筆，都有所準備。

雖說夏瑤會打油詩，但要正經寫詩，實在是有些為難她這個接受現代教育的人了。左右看了看，發現大家都在動筆，她稍稍思考了一下，也提筆寫下一首，暗自慶幸前世上學時有毛筆書法課，而且她的成績還不錯，不然真是臉丟大了。

上官燕作為主辦人可以不用寫，她和另外兩個公認的才女一起挑選寫好送上來的詩作。每次聚會被選為最好的那一首，年末時會被收入當年的詩集，雖然這本書不賣，但在世家之間會流傳，是很有面子的一件事。

正當上官燕翻看詩作時，就聽見旁邊的小姐「咦」了一聲，道：「這首真是不錯。」

上官燕湊過去一起看，越看越是喜歡，然而視線移到落款處時卻愣住了，問道：

「幽棲居士是哪一位？」

夏瑤抬頭道：「那張是我寫的，不過我不是幽棲居士。」

「瑞王妃寫的？」旁邊那小姐先是激動，隨即反應了過來，問道：「王妃不是幽棲居士，那這位幽棲居士是誰？」

「是前朝的一位女詩人，」夏瑤解釋道：「她的詩詞流傳下來的不多，我也是偶然看到後覺得喜歡才記下來的，這首又格外應景，所以寫出來給大家看看，不必把我放在當選之列。」

「自己不會寫，就拿別人的來湊數嗎？」王秋語說道：「妳這種人也配和我喜歡一樣的故事？」

夏瑤應該生氣的，但王秋語喜歡她寫的故事喜歡到這種程度，又讓她暗喜，一時氣不起來，只溫和道：「我第一次來，的確不知道妳們這規矩，便準備得倉促了些。」

「秋語，」當評審的另一位小姐似乎和她比較熟識，開口道：「妳也知道我們允許提前作好詩帶來，瑞王妃頭一次來，妳別這麼咄咄逼人，何況她寫的這個的確好，不信妳看看。」

第三十七章　噩夢襲來

王秋語氣哼哼地接過了詩作，看完後臉色變了變，聲音也低了幾度。「就算好也跟她無關，是人家幽棲居士寫得好，這樣有才華的女詩人竟然沒有詩作流傳，肯定又是那些文人搞的鬼。」

女子弄文誠可罪，那堪詠月更吟風。磨穿鐵硯非吾事，繡折金針卻有功。

上官燕又看了一遍，覺得實在是喜歡，問眾人。「今日可以再選一人的作品為最優秀者，但是把這首詩也收進詩集如何？我覺得這麼好的詩，應該讓大家都看到。」

不過是多選一首而已，還是前朝的女子寫的，自然沒人有意見，讓夏瑤驚訝的是，連王秋語也沒有異議。

「那位幽棲居士……」讀書會結束的時候，王秋語攔住夏瑤問道：「妳還知道她別的詩嗎？」

夏瑤有些意外，搖了搖頭說：「其餘的我也沒見過。」

見王秋語有些失望，夏瑤驚訝地問道：「妳挺喜歡她的？」

「的確是好詩，」王秋語低聲道：「讓我連看妳都順眼了幾分。」

夏瑤不知如何形容自己的心境，只道：「倒也不必。」

天氣一旦轉涼，後面冷得就快了，經過幾場秋雨之後，溫度迅速下降，夏瑤不是窩在王府就是躲在點心鋪子二樓的休息室，壁爐燒得人暖洋洋的，動都不想動。

「京城這邊試驗的蔬菜溫室好了，」沈世安這天回來以後對夏瑤說道：「妳要去看看嗎？」

他這一段時間的確很忙，老是往外跑，夏瑤有些驚喜地說：「這麼快？」

「只做好一個而已，」沈世安說道：「菜的種類也不多。」

夏瑤猶豫了一下，這麼冷的天，她實在貪戀暖和的室內，只道：「算了，我不去了，王爺去的話記得帶些番茄回來，我記得這個有種吧？」

沈世安點點頭道：「那裡有的我都帶一些回來吧。」

最後沈世安帶了不少番茄還有其他蔬菜回王府，夏瑤這會兒也不怕冷了，樂顛顛地爬起來做披薩。

她喜歡的披薩是義式的，餅底薄，發酵之後有一種特別的香味。餅底上塗一層自己熬的番茄醬，鋪上茄子片、番茄片跟切成條的牛肉，再放上磨碎的黑胡椒與幾片月桂葉，然後撒上滿滿的牽絲起司。

自從冬天用了壁爐，夏瑤就不怎麼去用大廚房的烤爐了，披薩放在烤盤上，直接架到壁爐上方，用起來和烤爐差不多。牛肉烤之前已經稍微煎過，所以披薩一會兒就烤好了。

夏瑤拿出盤子，起司香混合著烤得鬆脆的麵餅、牛肉的味道飄散出來，讓人口水直流。

披薩的餅底夏瑤做得很不講究，是個不規則的圓形，而且為了多吃點牛肉，披薩上被她鋪得滿滿的，厚厚的起司融化在牛肉上，看起來十分狂放。

夏瑤切開披薩，倒了兩杯檸檬茶端到桌上，因為溫度還沒降下來，切開的起司迅速地黏在一起，被夏瑤拿起來時拉出長長的絲，她挑斷後遞了一塊給沈世安。

沈世安剛剛就聞到了起司的香味，接過來問道：「做了乳酪餅？」

「不是喔，」夏瑤自己也拿了一塊，解釋道：「這個應該叫……餡餅？不過餡在外頭，你嚐嚐就知道了。」

披薩的餅底很薄，上面的東西又多，直接拿的話會垮，夏瑤將扇形的餅豎著稍微捲了捲，塞進嘴裡咬了一大口。

牛肉味伴隨著起司的奶香在口中爆開，因為烤的時間短，牛肉還很鮮嫩。不得不說，牛肉真的是和起司最搭配的肉類，好一些的牛肉本身的油脂就清爽，配上香氣濃郁的起司，口感會更好。

「好吃嗎？」夏瑤嚥下嘴裡的披薩問沈世安。

「嗯，比之前的乳酪餅還好吃，」沈世安很快就吃完手裡那份，又伸手要了一塊。

「這個有肉。」

待他們吃完披薩叫人進來收盤子的時候，長青說道：「王爺、王妃，外頭下雪了。」

「下雪了？」夏瑤有些興奮。她穿越過來以後還是第一次遇到下雪天，對於一個在南方長大的孩子來說，每片雪花都是珍貴的寶物，她立即從椅子上跳起來說：「我要去看看，王爺去不去？」

沈世安的臉色有些奇怪，但是察覺夏瑤已經開始穿披風了，他便站起身道：「我陪妳去吧。」

雪下了有一會兒了，地上和長廊上像是蓋上了薄薄一層白布，夏瑤驚喜地用手指捏了一小撮雪起來喊道：「是雪耶！」

沈世安裹在深色斗篷裡，毛茸茸的領子抵在下巴上，襯得他的臉色更白，他有些疑惑地問道：「妳沒見過雪？」

夏瑤有點心慌，但很快就反應過來，說道：「我以前身體不好，冬天更不能出門了。」

的確是這樣，沈世安點點頭道：「明天早上雪會更厚的。」

夏瑤蹲在地上，將面前的雪堆成一小簇，高興道：「那我明天要在後花園裡堆一個大雪人！」

沈世安要求的大床已經換上了，夏瑤這兩天睡覺時總算是輕鬆了些，不用擔心自己把他給踢下床了。

天一冷就容易睡得沈，所以夏瑤半夜突然醒過來的時候還有些茫然，不知道自己為什麼會這樣，隨後就聽到身旁的沈世安用慌亂的聲音喊著——

「不要……走開！我不要……不……」

「王爺？」夏瑤立即翻身坐了起來，藉著帳子外微弱的燭光看過去。

只見沈世安額頭上滿是冷汗，整個人蜷縮成一團，身體微微顫抖著，眉頭緊皺，似乎在忍受什麼痛苦。

夏瑤緊張地將手搭上他頸邊，感覺手下脈搏的跳動輕微卻急促，她嚇了一跳，這才發現沈世安呼吸不太順暢。

「不、不要……」

夏瑤的動作讓沈世安開始掙扎，試圖躲開她按在自己脖子上的手，最後一把抓住了她的手腕。

從噩夢中醒來，沈世安神色還有些恍惚，隨即又被旁邊突然發出的聲音嚇了一跳，差點從床上彈起來。

「阿瑤？」他反應過來後放開夏瑤的手，慌張地說：「我是不是嚇到妳了？」

「我沒事。」夏瑤悄悄地揉了揉自己的手腕，問道：「你怎麼了？」

「沒、沒什麼，作了個噩夢，」沈世安說話時還有點喘。「醒過來就好了，妳睡吧……我去洗澡。」

夏瑤一把拉住他，道：「你是不是一直作這個夢？」

沈世安愣住了，問道：「妳怎麼知道？」

創傷後壓力症候群常見的症狀之一，就是會重複夢到自己最害怕的情景，夏瑤小心翼翼地試探道：「是那天發生的事情嗎？就是前太子去……找你那天。」

是那個雪夜，由亮轉暗，讓他的世界從此漆黑一片的雪夜。

沈世安說不出話來，直到聽見夏瑤緊張地喊道：「呼吸、呼吸……沈世安！」

他這才發現自己不知不覺中又屏住了呼吸，猛然深吸了一口氣，夏瑤終於放鬆下來，不敢再問他。

「我不想告訴別人。」沈世安小聲道：「不是什麼大事，只是作夢而已，醒過來就好了。」

「你之前不想和我住在一起，包括這個原因嗎？」夏瑤問他。

沈世安點點頭說：「我怕嚇到妳。」

他全身上下肌肉緊繃，看起來有點膽怯，像是擔心被人拋棄的小動物似的，夏瑤心疼地摸了摸他的頭髮道：「這有什麼好嚇到我的，作噩夢醒來有人陪著你不好嗎？」

……是挺好的。以往每次在黑暗中醒來，周圍都一片寂靜，他只能清醒著撐到天亮，這回夏瑤在一旁嘰嘰喳喳的，彷彿一團溫暖的光，一下子就驅散了他心底的那片黑暗。

「你衣服都濕了，」夏瑤把他按回被子裡，說道：「我去叫長青給你放水洗澡。」

沈世安人躲在被子裡，聽見外頭夏瑤輕聲地吩咐長青，還有長青結結巴巴的回答，瞪大眼睛回想方才在夢裡那片雪地中，讓他平靜下來的那道聲音。「冬哥兒不怕，我在呢。」

長青雖然驚訝，但還是很快就打理好了浴室，沈世安進去之後不久，他就瞧見夏瑤拎著裙襬跟在後面，她還回頭朝他悄悄比了個「噓」的手勢。

沈世安浸在溫暖的水池中徹底放鬆，剛吁出一口氣，就聽見旁邊窸窸窣窣的，接著就是有人下水的聲音。他悚然一驚，接著馬上聽到夏瑤說：「別怕，是我。」

「阿瑤？妳、妳怎麼來了？」沈世安不安地往水裡縮了縮，試圖把自己藏起來。

夏瑤慢慢挪到他身邊道：「你剛剛不是作了噩夢嗎，我過來安慰你一下。」

「不、不用，我……唔……」沈世安因為她在水下的動作而猛然向後一縮，差點整個人滑進水池裡。

「噓！」夏瑤偏偏還要壞心眼地在他耳邊說道：「小聲一點，這裡隔音可沒有房間裡好，長青還在外面呢。」

沈世安不由得抬起一隻手捂住自己的嘴，更過分的是，在這種情況下，身體的感覺卻越發清晰，知覺也被放大了數倍。最後一刻，沈世安想著，還好已經在洗澡了，不然再要一次水，他就真的不用做人了。

長青撐著頭在外面守著，過了好一會兒，就看見王妃披著衣服過來吩咐。「長青，你走遠一些，你在這裡，王爺不好意思出來。」

有些事多來幾次就習慣了，長青處變不驚地閃人，甚至特地走得更遠，反正有王妃在，王爺不太需要他。

晚上這一番折騰，第二天兩個人罕見的都晚起了。

夏瑤醒得早一些，她側身看著沈世安平和的睡顏，伸手輕輕碰了碰他的睫毛，沈世安皺眉「嗯」了一聲，並沒有醒，她嘴角微微帶了點笑意，覺得他可愛，忍不住湊過去親他。

睡得再沈也禁不住這樣頻繁的打擾，沈世安在枕頭上蹭了兩下，醒了過來。

「你醒啦？」輕軟的聲音在他耳邊呢喃道：「快中午了喔。」

沈世安茫然地眨了眨眼睛，他無法透過天色明暗判斷時間，但是他的生理時鐘向來很準，少有睡到這麼晚的時候。

「要起床嗎？」夏瑤問他，自己卻縮在被子裡一動也不動。比睡懶覺更快樂的事情是什麼？當然是冬天睡懶覺了！她覺得自己可以在暖和的被窩裡待一整天。

沈世安也不想起床，幼年時這個點早就被嬤嬤叫起來了，很少有這樣可以在床上待到中午的經歷，不過現在是在他自己的府裡，沒人管得著，他便搖搖頭道：「不要。」

夏瑤撇撇嘴說：「但是我餓了。」

沈世安一愣，隨即無奈地笑了，摸索著揉了揉她的頭髮道：「我去叫人給妳弄吃的，要吃什麼？」

「快一點的就行，」夏瑤窩在溫暖的被子裡說：「我要餓死了。」

廚房裡煨了雞湯，聽王爺吩咐要快些，廚娘便做了兩碗雞湯米線送來。細細的米線吸足了雞湯，雞肉燉得軟爛，被細心地去掉骨頭撕碎混在米線裡，上頭還放了昨日沈世安帶回來的小白菜，既暖胃又飽腹。

「對了，兩年前皇兄派出去的船隻發現了一座新海島，」沈世安說道：「那裡土地肥沃，物產十分豐裕，如今建設得差不多了，海島的氣候比這裡暖和，明年開春皇兄打算去島上看看，妳想不想去？」

「海島？」夏瑤眼睛一亮，海島可是個旅遊好去處啊，她立即來了興趣，說道：「好呀好呀，我要去！」

新年到來了，這是夏瑤和沈世安成親後第一回過年，按照規矩，親戚家全得去一趟，雖然已經盡力縮減人數，但還是讓夏瑤跑得夠嗆，從年前一直到初八都沒閒下來，幸好點心鋪子休假，不然她真的受不了。

顧雲落終於在過年前將她娘親接了出來，在離凰鳴街不遠的地方租了一間房子，雖然地方不大，但這是真正屬於她們母女倆自己的地方。夏瑤藉著恭賀喬遷之喜的名義送了好些東西，所以房子雖小，倒也五臟俱全。

待新年過去，夏瑤總算鬆了口氣，沈世安道：「明年就不這麼麻煩了，準備好年禮，早一點送完，然後就去南方轉轉如何？」

夏瑤馬上答應，今年除了去長輩家拜年，還有不少用各種理由上門拜訪他們的人，還是早早逃出門好一些。

過完年沒多久，他們就要出發去海島了，聽說光是坐船就要十幾天，夏瑤提前半個月就開始收拾要帶去的東西。他們和沈澈坐同一條船，想來宮裡物品備得更齊全，然而等真正上了船，才發現一個大問題——

沈世安竟然暈船！

「王爺，好些了嗎？」夏瑤蹲在沈世安床邊，有些心疼地摸了摸他的額頭。他剛剛吐過一次，這會兒眉頭緊皺、臉色蒼白，顯然還在忍受不適。

沈世安搖了搖頭，又趕緊停下了動作。暈眩感不斷傳來，船隻輕微的震動都能讓他胃裡翻江倒海。

一陣浪頭打來，船身起伏了一下，夏瑤心道不好，立刻從旁邊拿過裝了一點水的盆子，果然就見沈世安神色一變，撲到床邊又乾嘔了幾聲，可他已經整天粒米未進了，乾嘔了半天什麼也沒吐出來，倒是把自己搞得氣喘吁吁的。

夏瑤放下盆子，把他扶回床上道：「這怎麼行呢？你一直不吃東西，再吐的話胃受不了的。」

沈世安平復了一下氣息，可憐兮兮地小聲道：「我吃不下。」

夏瑤沒暈過船，倒是暈過車，也知道那感覺生不如死，她擦了擦他頭上的冷汗說道：「你睡一會兒，我去想想辦法。」

一出船艙，夏瑤就瞧見在外面坐著的沈澈，他看到夏瑤，憂心道：「世安怎麼樣了？」

夏瑤搖了搖頭說：「還是那樣，太醫開的藥全都吐了，一點也餵不進去。」

「該如何是好，這才一天呢，船再快也要十日才能到，難不成每天都不吃東西？」沈澈著急道：「再去請太醫，區區暈船，難不成這般難治？」

其實暈船倒也不會一直持續下去，等過幾天適應以後就會好一點，但如果胃裡都沒東西，身體會受不了，這才是夏瑤最擔心的。她皺了皺眉說：「我試試能不能弄些東西給他吃吧。」

夏瑤帶了不少物品上船，之前忙著照顧沈世安，倒是沒來得及查看，這會兒仔細翻找一下就找到了——是之前醃漬的酸豆角。

她前世暈車時，聞到酸味後似乎就能緩解，不知道暈船適不適用……

第三十八章 島嶼度假

酸豆角已經泡了幾天，夏瑤在裡面放了辣椒，一打開就是濃烈得讓人口齒生津的酸味和略微刺激的辣味。她拿幾根出來在水裡洗了洗，稍稍去掉過濃的酸味。

豬肉切成丁，用生粉醃漬一會兒，先下鍋炒熟，然後放入酸豆角和一點點乾辣椒，酸味頓時伴著辣味衝了出來。

夏瑤借用了船上的廚房，裡面都是沈澈帶來的御廚，看著夏瑤炒菜，一個個面面相覷。他們之前就聽過夏瑤會做菜的事，但都覺得這肯定是王府廚子的功勞，畢竟王妃這樣的身分，煮菜也就是動張嘴的事，沒想到她還真的有兩把刷子。

這會兒料理的香味散發出來，御廚們不由自主地嚥了嚥口水。他們都是在廚房裡待了一輩子的人，一看到夏瑤的動作就知道她很熟練，再聞到味道，一個個眼裡都開始發光。

夏瑤用大火炒了幾下，迅速將鍋裡的酸豆角炒肉盛了出來，她端著盤子一回頭，就發現整個廚房的御廚都目光灼灼地盯著自己，不禁嚇了一跳。

「瑞王妃，」一位資歷最深的老御廚率先開口。「不知您用的是什麼材料，怎麼會有這般味道，小的以前從未見過。」

「這個？是我自己醃的酸豆角。」夏瑤看到他們的樣子，想了想，說道：「我分一點出來給你們吧，其實作法挺容易的，不過我這會兒沒空，得先去照顧王爺，等我有空了再寫方子出來。」

一位年輕御廚趕緊去找了個碗，夏瑤撥了一點酸豆角炒肉出來，就帶著剩下的菜和一小碗廚房煨的白粥走了。

在她身後，那老御廚挾了一筷子酸豆角炒肉放入口中，其餘人連忙問道——

「如何？」

「怎麼樣？」

老御廚沈吟半晌，開口道：「給我也來碗粥，突然有點餓了。」

夏瑤將吃的放在房間桌上，就坐到沈世安床邊拍了拍他，道：「王爺？」

沈世安並沒有睡著，只是不想動，低低地「唔」了一聲。

夏瑤挾了一點酸豆角遞到他嘴邊說：「試試看吃點東西再睡吧。」

沈世安本來想說他不吃，可鼻端突然竄進一股濃烈的酸味跟一點辣味，雖然有些刺鼻，卻神奇地緩解了他胃裡翻湧的感覺，甚至還勾得他嚥了嚥口水，他猶豫了一下，張開嘴吃了。

這不知道是什麼東西，入口脆脆的，咬下去就爆出一股酸酸鹹鹹的汁水，瞬間壓下反胃感。

沈世安嚥下嘴裡的料理，突然感覺自己餓了。「這是什麼？」他問道。

「酸豆角。」夏瑤看著他的反應，有些欣喜地說：「是不是好一些了？喝點粥吧，光吃這個胃受不了的。」

雖然還是有一點食慾不振，但沈世安最後竟然吃下了半碗粥還有小半盤酸豆角炒肉，而且沒有吐。

不知道是漸漸適應了船上搖晃的感覺，還是酸豆角的確是能治療暈船的良藥，沈世安在那之後狀況就好轉了，甚至在風平浪靜時還能上甲板陪夏瑤走走。

「啊！」夏瑤驚喜地看著那海面上躍起的、追逐著他們船隻的身影，喊道：「是海豚！」

「瑞王妃見多識廣，」有老船工在旁邊笑道：「這是神魚呢。」夏瑤平易近人，他們很喜歡跟她聊聊。

夏瑤想告訴他們海豚其實不是魚，不過這個知識還是太新穎了，於是她只問道：「為什麼是神魚？」

「這神魚頗有靈性，經常會將落入水中的人救到船上。」老船工說道：「有牠們跟隨保佑，我們這一趟必定萬事無憂。」

海豚的確非常喜歡人類，虎鯨也是，說不定牠們看到人類時的感覺就像人類看到小貓或小狗一樣呢！

夏瑤笑著往海上看去，正值落日時分，夕陽餘暉灑在海面上，海豚跳起時帶起一片水花，隨著那優美的身形落入水中，水花彷彿碎金一般灑在半空中，她不由得感慨了一句。「好美。」

沈世安靜靜地在旁邊陪著她，夏瑤突然反應過來，他應該是第一次出海，經歷暈船這種痛苦之後卻什麼美景也看不見，終日只能坐在搖搖晃晃的船上，吃不香、睡不好，不禁替他感到鬱悶。

夏瑤忽然不出聲，沈世安敏銳地察覺到她情緒變得低落，捏了捏她的手指道：「怎麼了？」

「沒事。」夏瑤抬頭看他，這幾天他瘦了不少，下巴都尖了，看著令人心疼，她提議道：「晚上吃番茄魚片湯和糖醋里肌肉怎麼樣？」

沈世安點點頭道：「好啊。」

他這幾天暈船比較不嚴重了，不過夏瑤覺得還是帶點酸味的食物開胃，海魚刺少、腥味淡，做番茄魚片湯格外合適。

海魚清理乾淨，魚肉片好，用生粉、胡椒粉和香料醃漬，魚骨則用來熬湯。大鍋內放入油和蔥、薑爆香，隨後加入去皮的番茄炒出汁，夏瑤怕味道不夠，又加了一勺自己熬製的番茄醬。

當鍋裡番茄香氣四溢的時候，倒入之前用魚骨熬製的高湯，等湯滾開之後，將薄薄的魚片散開滑入鍋中。魚肉本身容易熟，夏瑤特地片得厚了一些，免得煮散在湯裡。

另一邊切成細條的里肌肉也醃漬得差不多了，夏瑤用麵粉調了一碗麵糊，將醃漬好的里肌肉放進去滾勻，隨後一條一條放入鍋中油炸。

一旁的御廚一邊做事一邊偷偷觀摩，他見夏瑤炸完肉之後撈出來，過了片刻又放回去炸了一次，忍不住咕噥道：「沒熟？」

夏瑤聽見了，倒也不介意他偷學，大方說道：「再炸一次，吃起來會更脆，油也少一些。」

那御廚一愣，看向她的眼神又柔和了幾分，行了一禮道：「多謝瑞王妃指點。」

夏瑤無所謂地笑了笑，又用糖、醋、醬油和檸檬汁熬了一碗糖醋醬，糖醋肉可以直接放在醬汁裡炒好了端上桌，也可以用炸好的肉蘸著糖醋醬吃，夏瑤偏愛後面一種，這樣炸好的肉會保持脆脆的狀態，咬下去咔嚓一響，口感特別好。

御廚看著她往鍋裡加檸檬汁，又好奇道：「這是什麼果子？小的從未見過。」

「這是王爺培育的檸檬，」夏瑤給了他一顆，說道：「直接吃很酸，但是入菜的話解膩去腥，又有一種獨特的芳香，是很好的調味料。」

御廚接過檸檬聞了聞，只覺得芳香撲鼻，不禁問道：「瑞王妃為何如此大方與小的們分享食譜，要知道如今食譜珍貴，幾乎沒有人會這麼做。」

夏瑤將糖醋醬放到里肌肉旁邊，差人送去外面，笑道：「食譜這種東西，我告訴你、你告訴我，我們就可以享用兩種美味，說不定還能互相改良，有什麼吃虧的？更何況……我腦子裡的食譜多得很，分給你們一點也無妨。」

御廚愣了一會兒，再看過去時，夏瑤已經離開了。他看看桌上這幾天大夥兒從她那裡得到的食譜，皺了皺眉頭，心想：分享食譜？真的可行嗎？

沈世安身體沒有大礙之後，每次都是和陛下及皇后一起用餐，所以夏瑤做的分量也大。

等宮女替陛下與皇后布了菜之後，夏瑤就為沈世安盛了一小碗番茄魚片湯，說道：「先喝點湯。」

番茄魚片湯酸甜開胃、魚肉嫩滑，一點腥味都沒有，鮮美得讓人忍不住多喝幾碗，皇后喝了兩口湯，讚嘆道：「的確美味，讓人食慾大開。」

沈澈喝了幾口魚湯，又照夏瑤說的，用肉蘸了糖醋醬放進嘴裡，炸過兩次的里肌肉外脆內嫩，他連著吃了兩條，突然笑著說：「你皇嫂當初懷孕的時候，也愛這個口味。」

夏瑤一口湯差點噴出來，轉頭對著沈世安小聲道：「你這……懷的是男孩還是女孩啊？」

她為自己這一句話付出了代價，沈世安又羞又惱，夏瑤哄了半天，他才緩和了神色。

「明明是陛下先提起來的，」夏瑤不滿道：「你幹麼只對著我一個人生氣？」

沈世安哼了一聲，道：「皇兄是那個意思嗎？只有妳整天……」

他後面的話沒說出口，不過夏瑤多少明白他想說什麼，不禁有點不好意思。自從沈世安表明了心跡，她似乎就越發放肆了……

他們是初春出發的，隨著航行時間拉長，氣溫也漸漸越來越高，到達海島的時候，夏瑤已經從箱子裡翻出了夏天的衣物穿上。

果然是個熱帶島嶼，剛下船，夏瑤就瞧見島上滿滿的椰子樹，感覺這一趟別的不說，美食肯定少不了了。

海島上有勵國的外派人員，在碼頭等著他們的是個精瘦高個兒中年男子，大概是一直待在海島上，他的膚色看起來有些深。夏瑤慶幸自己來之前就讓府中工匠做了不少草帽，這會兒戴著帽子，並未受到海島陽光的荼毒。

那中年男子名叫張煜，被沈澈派來負責開發海島，這會兒他正介紹著島上的風土人情，夏瑤聽得認真，一旁的沈世安冷不防地問她。「妳怎麼知道要準備草帽？」

「你不是說島上氣候炎熱嗎？」夏瑤說道：「熱的地方一般光照也比較強吧，就像夏天一樣。」

沈世安想了想，頷首道：「倒是我沒想到。」

你當然想不到啊，夏瑤心想。想當年她們住一個宿舍的去海島旅遊，豈只是草帽，所有人都是出門前防曬霜先從頭到腳塗一遍，然後搭配帽子、墨鏡、長袖與防曬衫，身上還帶著防曬噴霧，每過幾個小時就要補一次，這才沒曬傷。

夏瑤伸手試了試陽光，大概是因為還沒到最熱的季節，陽光雖然亮得刺眼，倒還不至於燙人，挺適合旅遊的。

「陛下，這裡氣候濕熱，蚊蟲也多，因此房屋都是建造在半空中，」張煜介紹道：

「既可以防止被叮咬，也稍微涼快一些。」

這是真的，他們抵達後很快就察覺到蚊蟲一直繞著人飛來飛去，夏瑤覺得若不是張煜安排人在一旁不停地用長扇子驅逐，這會兒自己已經被蚊子給咬了吧？

她揮手趕開身邊的一隻蚊子，問道：「張大人來了這麼久，沒找到防蚊的法子嗎？」

「回瑞王妃，屋內都用艾條熏過，」張煜說道：「屋子裡外也都放了艾草，室內倒是沒什麼蚊蟲，只是外頭防蚊蟲的效果差，只能把自己包裹得嚴實一些。」

夏瑤不禁緊了緊身上的衣服，又幫沈世安把領口緊了一下，覺得這趟真的有出差的感覺，而不只是來遊玩了。

島上的房子是一棟一棟獨立的，如同張煜所說，房子底下是架空的，用木樁打了堅固的地基，上面再搭建房子，但是這畢竟不如地面穩當，所以房子都是木造的，面積也不大。

「這裡的房屋最大只能建成這樣，」張煜解釋道：「還請陛下不要介意。」

沈澈擺手道：「無妨，倒是張大人這些年辛苦了。」

張煜連忙拱手道：「能為陛下和朝廷效力，是下官的榮幸。」

這話明顯是在邀功，不過這位張大人看起來的確是個做實事的，不能說是心機，只能說是為官之道。

夏瑤扶著沈世安踏上通往小屋的木樓梯，一推開門，鼻子裡就滿是艾草熏過的味道，而且一上來就聽不到蚊蟲嗡嗡叫的聲音了，讓她頓時舒心了不少。

屋子的沐浴間與房間隔開，外面有個小露臺，晚上挺適合乘涼，地面是很光滑的木地板，夏瑤脫了鞋小心地踩了一下，感覺挺舒服的，便對沈世安道：「王爺把鞋脫了吧，地上很涼快呢。」

沈世安有點猶豫，但是他們穿的鞋子的確不太適合這種炎熱潮濕的地方，這會兒已是熱得有些難受了。夏瑤見他脫了一隻鞋小心地踩在地上試了試，隨即嘴角微微上揚，把另一隻鞋也脫了，像她一樣只穿著襪子。

「咦，那個是芒果樹嗎？」夏瑤在露臺上看了看，見屋子旁邊的樹上長著一顆顆很像芒果的黃色果子，好奇地問沈世安。「這裡的果子可以隨意摘取嗎？」

沈世安正在熟悉屋子裡的擺設與位置，聞言回答道：「問過下面的人再摘，說不定有毒。」

夏瑤並不覺得張煜會安排他們住在有毒的樹旁邊，不過她還是朝底下的侍衛喊道：「請問兩位，這樹上的果子能吃嗎？」

底下兩個人跟著張煜待在這裡幾年了，極少遇到像沈世安他們這個等級的貴客，一路小跑過來跪下，其中一個人答道：「回瑞王妃，果子是能吃的，味道十分香甜，只是有極少部分人吃過之後嘴唇周圍會出現紅腫的情況，所以並未列在供給陛下的菜單中。」

果然是芒果！夏瑤點點頭道：「無妨，能不能麻煩幫我摘幾個熟的，我嚐嚐味道。」

底下的人摘了芒果，還貼心地去皮、去核，並將果肉切成塊狀，才叫人端了過來。

夏瑤前世對芒果不過敏，金燦燦的芒果肉在盤子裡散發著熟悉的香味，她忍不住伸手要拿，沈世安聽見動靜，按住她道：「剛剛他們不是說有人吃了會身體不適嗎？要不我先試試吧。」

只聽夏瑤笑道：「每個人的反應都不一樣，王爺先吃還是我先吃其實沒什麼區別。」

沈世安心想也是，此時送芒果來的年輕女子說道：「瑞王爺、瑞王妃，不用太過緊張，出現不適的也是極少數人，可以先吃一小塊等待片刻，若是沒覺得不適就沒問題了。」

夏瑤點點頭，自己先吃了一塊很小的，又為沈世安餵了一塊，沈世安不禁嘟囔道：

「倒是留一個人，若是真的出了什麼事，皇兄估計要治這裡所有人的罪，連個說話的都沒給留可怎麼辦？」

芒果既多汁又甜美，夏瑤吃了一塊，半晌沒什麼感覺，便抬頭問那年輕女子。「這樣是說明我可以吃吧？」

年輕女子笑道：「可以吃了，瑞王妃若是喜歡，奴婢差人每日都送一些來。」

夏瑤覺得這個姑娘說起話來不卑不亢，性格也好，便從荷包裡拿了個小金元寶給她，說道：「這幾天妳為我做嚮導吧，島上有什麼好吃好玩的，明日開始都帶著我去見識一下。」

第三十九章　竹林遇險

那年輕女子名叫小桃，得了賞賜，她開心地行了個禮道：「奴婢最熟悉這座島了，這幾日一定為王妃安排好。王妃可想嚐嚐椰子水？奴婢給王妃送兩顆椰子來。」

夏瑤正覺得口渴，聞言立即答應了，等小桃退下後，她又餵了沈世安一塊芒果，問道：「怎樣？這冒險還是值得的吧，我們那裡可沒有這麼甜的果子。」

沈世安嚼著芒果，沒說什麼，心想：難怪她會做菜，原來是饞出來的。

夏瑤也不管沈世安不說話，兩人分著吃完了一份芒果，就見小桃拿了兩顆開了口的椰子來，上面還插了一根中空的植物桿子，她說明道：「這是嫩椰子，裡頭的水清甜解渴，吃完了可以用勺子挖裡頭的椰子肉，雖然少了點，但是味道極好，若是長到熟了，汁水就會轉少，不過椰肉會變得更香。」

夏瑤接過椰子喝了一口，滿足地笑了，果然是熟悉的椰子水，不過沈世安倒是有些不習慣這味道。

想了想，夏瑤問小桃。「現在可有那種成熟的椰子？」

小桃點頭道：「有的。」

「那明天晚上幫我拿一些來，要開好口的，」夏瑤吩咐。「再備些食材，有雞肉最好，還有蝦和扇貝，蔬菜也備一些。」

今天晚上有接風宴，肯定是要和陛下跟皇后一起吃的，夏瑤剛剛從船上下來，也不太想自己動手，不過明天就能做椰子雞吃了。

夏瑤喝了一份椰子水，沈世安不願意喝，順手給了長青，他倒是很喜歡；飛星和望月用不著他們操心，自己上樹摘了幾顆椰子劈開，還順手分給晚秋和小環。

晚餐的菜式在夏瑤預料之中，基本上是海鮮類，菜式也是簡單粗暴，不是煮的就是烤的。好在新鮮的海產隨便煮都好吃，夏瑤吃得還是挺歡樂的，就是在吃扇貝的時候免不了想著：這麼大塊的帶子肉，煮得實在老了些，若是用奶油煎一煎，必定好吃很多，可惜奶油在外不易保存，這種壓根兒不可能有冰塊的地方還是別想了。

天氣太熱，讓人沒了賴床的心情，夏瑤一大早就起來了。「我上午要和小桃在島上逛逛，」她邊穿衣服邊問沈世安。「王爺一起去嗎？」

沈世安搖頭道：「皇兄昨天和我說有事要商議，妳別走得太遠，讓望月跟著妳。」

「放心啦，不會走遠的，我去看看能不能找到好吃的。」夏瑤跑到門口套上鞋，樂顛顛地走了。

島上有不少夏瑤沒見過的水果，夏瑤又摘了好些芒果，打算中午做個芒果糯米糰。

「王妃嚐嚐這個，」小桃從一旁的樹上摘了顆深紅色的果子掰開遞給她，說道：「裡面的果肉是可以吃的。」

果子外皮是軟的，夏瑤捏了一下，擠出白色的果肉小心地嚐了一口，笑著瞇起眼睛道：「甜甜的。」

「我們這裡的果子都很甜。」小桃說道：「若是天氣再熱一些的時候來，還有其他果子能吃呢。」

幾個人往林子深處走過去，望月提醒道：「王妃，走得有些遠了，還是往回走吧。」

夏瑤回頭看了看，的確已經看不到他們住處的屋頂了，頷首道：「那回去吧。」

一行人正準備離開，一棵樹忽然沙沙響了一下，望月頓時警惕起來，扶著腰間的劍問道：「什麼人?!」

夏瑤被望月擋在身後，神情有些緊張，片刻之後，一個拄著枴杖的身影從樹後蹣跚地走了出來——

原來是個頭髮花白的老婆婆，穿著一身當地人的服裝。

小桃走上前問道：「老夫人，您怎麼一個人在這裡，是迷路了嗎？」

老婆婆不搭理她，往她們這邊掃視了一圈，目光停留在夏瑤身上，過了一會兒後點點頭道：「妳來了？」

望月猶豫了一下，一邊防備著老婆婆，一邊側頭問夏瑤。「王妃，您認識？」

夏瑤茫然地看向她，道：「這位老夫人，您是不是認錯人了？」

老婆婆的視線依舊沒移開，彷彿旁邊的人都不存在似的，她開口說道：「來自異世的靈魂，妳若想知道妳所求的答案，明日再來找老身。」

夏瑤瞪大了眼睛，剛要問她是不是知道點什麼，那老婆婆就轉身回了樹後，待她們追過去，卻不見了人影。

「王妃，」見夏瑤一臉失落，望月小聲道：「總有這種神秘兮兮、莫名其妙的人，大概又是什麼障眼法，想騙些錢罷了，不用放在心上。」

「可是那老婆婆怎麼也不像走得那麼快的人啊，」夏瑤在樹後轉了半天，說道：「這裡也沒有機關。」

「江湖術士，總有些自己的手段。」望月皺了皺眉看向小桃，問道：「妳可見過那人？」

小桃茫然地搖搖頭說：「看那服飾應該是島上的原住民，他們人數很少，基本上也不和我們來往，很少會跑到這附近。」

望月以為夏瑤只是震驚於那老婆婆突然消失，其實真正嚇到她的，是那句「來自異世的靈魂」。除了她自己，沒人知道她是穿越來的，那個老婆婆為什麼會曉得？

夏瑤又看了看那老婆婆消失的地方，抿了抿嘴唇道：「算了，我們走吧。」

「王妃，」回去的路上，望月不放心地叮囑。「明日您可不能去，就算真的要去，也得叫上屬下。」

夏瑤心事重重地點頭道：「我知道。」

她並不想讓別人曉得自己是穿越來的，雖然之前夢中那個女子說她只是靈魂歸位，但是並沒有證據，即使是道長，也沒能看破她的靈魂來自異世……

夏瑤覺得那老婆婆應該有幾分本事，說不定真的能解決她目前的困境。

回到屋裡，昨天夏瑤要求的東西都送來了，她壓下心事，打算先做好吃的。

有新鮮的椰子，怎麼能不做椰子雞湯！

送來的食材都很新鮮，廚房還貼心地送來一小罐椰漿，是用老椰子的果肉榨汁做的。

夏瑤打開聞了聞，椰香撲鼻，油脂含量也豐富，免除了她自己榨椰漿的麻煩。

將椰青裡的椰汁倒入鍋中，加入生薑、月桂葉等香料，煮沸後加入雞肉和刮下來的嫩椰子肉一起燉煮。
煮雞肉的過程中，夏瑤拿了兩只小碗，用檸檬、醬油、乾辣椒和蔥蒜末做了蘸料。這道椰子雞就是要吃椰子的清甜，所以蘸料味道不宜過重。
雞肉煮好，夏瑤又將容易熟的大蝦跟扇貝放了進去，變色後就能吃了。
「嚐嚐這個扇貝，」夏瑤挾了一塊帶子肉給沈世安，說道：「內陸可吃不到這麼新鮮的海產。」
新鮮的扇貝肉在椰子雞湯裡煮過，因為煮的時間短，肉質緊緻嫩滑，在嘴裡翻了兩下就嚥下去了。
「是不是很好吃？」夏瑤挾了一塊雞肉放入嘴裡。雞是雞仔，肉質很嫩，稍微一抿就從骨頭上下來了，配上酸辣蘸醬，鮮美開胃。
夏瑤吃得心滿意足，一時忘了自己憂心的事，她拿小碗舀了一碗雞湯，加了幾片椰子肉。雞湯清爽可口、椰香濃郁，椰子肉軟軟嫩嫩，嚼起來很過癮。
這回夏瑤做的量不多，一鍋椰子雞配上一份芒果糯米糰，兩個人吃剛剛好，沈世安喝完碗中的雞湯，說道：「的確和我們那裡的食物風味不同。」
「回去的時候可以帶一些椰子，」夏瑤說：「這東西不難保存，可惜扇貝或是芒果之類的不能帶。」

沈世安很清楚夏瑤貪嘴，想了想，他說道：「我們以後可以每年都來一趟。」

「算了，」夏瑤擺擺手道：「王爺不是暈船嗎，太折騰了。」

沈世安想起暈船的痛苦，立即改口道：「那就帶些椰子回去吧。」

晚上就寢時，夏瑤又心神不寧起來，在床上翻來覆去，沈世安憋了半天，終於忍不住問她。「妳睡不著？」

夏瑤立即停下動作，掩飾道：「我有些認床，王爺先睡吧，我出去轉轉。」

「大晚上的，妳一個人轉什麼，」沈世安坐起身道：「我也去吧，今天白天我一直在皇兄那裡，沒多陪陪妳。」

入夜之後，島上的蚊蟲更多了，出門不太妥當，兩個人便坐在露臺上聊天，聊到最後，夏瑤迷迷糊糊地趴在小桌子上睡著了。沈世安搖搖頭，摸索著把人抱起來放回了床上。

第二天，夏瑤原本想和沈世安去看看能不能撈些新鮮的海產，陛下那邊卻又派了人來，說是有些新想法要和瑞王爺談談。

沈世安不滿地皺了皺眉，夏瑤拍拍他的肩膀道：「算了啦，你去吧，這趟本來就是要討論此地發展的，陛下有新想法是好事啊，我先去附近看看。」

目送沈世安急匆匆地去了陛下的屋子，夏瑤在門口逛了兩圈，又想起昨天那個老婆婆來了。

「望月，」她小聲把望月叫到身邊道：「妳陪我去昨天那個地方一趟。」

「可是王妃……」望月猶豫地說：「我們人生地不熟的，要不要多叫些人？」

夏瑤並不想讓太多人知道自己的秘密，誰知道那老婆婆會說什麼呢？她搖搖頭說：「妳若是保護不了我，帶再多人也沒用，就我們兩個去吧。」

望月隱約覺得王妃有事瞞著王爺，但她如今畢竟是王妃的人，自然不好做出什麼告密的事情來，只能暗自提高警戒，誓要護她周全。

昨天她們幾個一路走一路玩，今日兩個人直接朝林子深處走去，沒一會兒就到了昨天遇到那個老婆婆的地方。

「是不是早了點？」夏瑤緊張地掐自己的手心道：「昨天那個老婆婆中午才出現。」

望月還是第一次見到她如此六神無主的樣子，忍不住問道：「王妃，您到底想要知道什麼？」

夏瑤思索了一下，才湊到望月耳邊特別小聲道：「我覺得她知道怎麼治王爺的眼睛。」

望月頓時瞪大了雙眼。她知道夏瑤對這件事幾乎可以說是有了執念，但莫名地相信一個僅有一面之緣的老婆婆，還是讓她驚訝地說：「為什麼王妃您會這麼覺得？是因為她昨天消失得很突然嗎？」

「我現在不能說。」夏瑤其實很不安，緊緊挨在望月身邊道：「可但凡有一絲機會，我都不想放棄……若她沒有真本事，那我也想知道她的目的。」

兩人一時靜默無語，隨即身後突然傳來一道聲音。「妳果然來了。」

夏瑤猛然轉過身去，那老婆婆的裝扮跟昨天一樣，她手中拄著一根枴杖，站在樹旁面無表情地看著她。

嚥了嚥口水，夏瑤靠得又離望月近了些，問道：「您、您是不是知道些什麼？」

老婆婆的嘴角揚了揚，說道：「瑞王妃若是不信老身，又何必前來？」

「不不不，我沒有不信。」夏瑤往前走了兩步，說道：「只是您出現得突然，您可知道我所求何事？」

老婆婆站在原地道：「王妃與王爺成婚已一年，預言中所說的事情沒有完全實現，王妃很心急吧？」

夏瑤心想她果然要說這個，點點頭道：「我確實心急，老夫人是否有辦法？」

「問題的關鍵在王妃身上，」老婆婆看著她，說道：「王妃請走近一些，讓老身看看。」

「王妃！」望月緊張地拉住她，道：「小心。」

夏瑤安撫地拍了拍她的手，小心地靠近老婆婆。

那老婆婆個子不高，微微抬起頭盯著夏瑤的眼睛看了一會兒，說道：「如老身所料，王妃神魂還未穩定，所以預言未成，王爺無法復明。」

「我神魂不穩？」夏瑤詫異道：「可我現在很好啊。」

老婆婆搖頭道：「老身不會看錯，王妃的魂魄從異世而來，但身體卻在這裡待了許多年，不穩也是正常的。」

夏瑤頓時皺起眉道：「那王爺無法復明，就不是因為毒未解完嘍？神魂不穩，可有辦法解決？」

老婆婆伸出手道：「給老身看看王妃的手。」

夏瑤這會兒算是信了老婆婆，把手攤開放到她手心裡，立即感覺到專屬於老年人的粗糙感。

老婆婆捏著她的手看了一陣子道：「這事倒不難解決，只是……老身此次前來，並非是要為王妃解決問題的。」

夏瑤剛要問怎麼解決，聽到她後面半句話，頓時心頭一緊，再要抽手，卻發現老婆婆的手如同鐵鉗一般緊緊抓住了她，隨後就聽見她說道：「王妃，老身也是有難處，多有得罪了。」

望月就站在離夏瑤不遠的地方，她察覺不對，剛跨出一步，那古怪的老婆婆和夏瑤就從原地消失，她震驚了不到半秒，立即意識到出狀況了。

來不及檢查四周，望月第一時間從懷中掏出竹哨，爬上樹梢吹了幾聲，陪著沈世安、在陛下屋外待命的飛星耳朵動了動，喃喃道：「不好，王妃出事了。」

竹哨不同的聲音代表不同的意義，沈世安身邊的人都清楚，夏瑤來了之後，沈世安就特地為她定了一個哨音，這一年來還是第一次響起，屋子裡的沈世安猛地站了起來，茶水打翻了一桌子，他驚疑道：「阿瑤？」

「出了什麼事？」沈澈也嚇了一跳，立即喚飛星進來。

「王妃呢？」沈世安頭一次覺得看不見是一件這麼不方便的事情，他問道：「她不是說在周圍逛逛嗎？」

「屬下不清楚。」飛星有些緊張地回道：「望月的竹哨聲是從樹林裡傳來的，應該不是很遠，屬下這就過去。」

「我和你一起去，把我的劍給我。」沈世安說著就往外走，卻被沈澈一把拉住。

「你不許去！」沈澈神色前所未有的嚴肅，說道：「我們此次出行並未隱瞞行程，這可能是個陷阱。」

「皇兄，阿瑤出事了！」沈世安掙脫他的手道：「我不能乾等著。」

沈澈不再拉他，而是朝門口的侍衛們示意。「攔住他。」

一排侍衛整齊地攔在沈世安面前，沈澈嘆了口氣道：「朕知道你心裡著急，但朕何嘗不是？朕會立即安排人手過去，你一個人難道頂得上禁衛軍？在這裡和朕僵持，不過是浪費時間罷了。」

沈世安沈默下來，聽著沈澈安排人手跟著飛星往林子裡去了。

飛星速度快，幾個閃身就到了夏瑤消失的地方，只見望月一臉焦急道：「王妃不見了。」

「不見了？」飛星本以為她們遇刺，到了現場卻發現一點打鬥的痕跡都沒有，追問道：「什麼叫不見了？妳不是一直跟著王妃嗎？」

「對，但是她是在我的眼皮子底下瞬間消失了。」

第四十章　孤身營救

夏瑤只覺得眼前一黑，再睜開眼的時候，就發現自己身處一個陌生的房間，不過她倒是沒被綁著。

房間沒有窗戶，點了很多燭火，看起來像是地下室，夏瑤走到門邊打開門，立即有一左一右兩個侍衛伸出刀擋住她。

夏瑤低頭看了看刀，了然道：「請太子爺出來見個面吧。」

拐角處響起一聲輕笑，隨後有個高大的人影走出來道：「瑞王妃倒是不笨。」

夏瑤藉著燈光看了看他的臉，大概是吃了點苦，沈浚看著比沈世安年紀大上許多，不過依稀有陛下和沈世安的影子，她也笑了笑，說道：「太子爺大費周章地把我弄到這裡，有什麼事？」

「聽說世安成親，我這做大哥的卻還沒見過弟媳，剛好你們過來，就順便見見。」沈浚在桌邊坐下，倒了兩杯茶道：「我這裡沒什麼好茶，王妃將就著喝。」

夏瑤一點都不想喝這杯茶，也不想和他兜圈子，只道：「太子爺，你我都曉得，你巴不得王爺死，就別套關係了，你到底有什麼目的，直說吧。」

沈浚砸了砸嘴道：「王妃不必這麼著急，我們有的是時間，聽說王妃做得一手好菜？」

他竟然連這點都能打聽到，顯然比預料中更接近沈世安的生活，夏瑤警惕道：「是又如何？」

「別緊張，我不過是想讓王妃做一道菜。」沈浚喝了一口茶，臉上帶著笑，眼神卻冷漠，又道：「務必讓世安一眼就知道這是妳做的菜，好讓他相信妳的確在我手上，不然我就要在王妃身上找點更具代表性的東西，給世安送去了。」

原本尊貴、高高在上的人一旦成為四處逃亡的罪犯，心態就會扭曲……夏瑤不想和神經病對著幹，毫不反抗地點頭道：「行啊，廚房在哪裡？」

沈浚挑了挑眉毛，懷疑道：「妳一點也不擔心世安的安危？我可是要把他騙來殺的。」

「我不做菜，你就不會把他騙來了？」夏瑤不耐煩道：「我從來不做無意義的反抗，快一點，廚房在哪？」

沈浚「哼」了一聲，對著門口說道：「送瑞王妃去廚房，都給我看緊點，要是出了岔子，別怪我不留情。」

身處這種境地，竟然還如此囂張？夏瑤抬眼打量了一下面無表情的兩個侍衛，心中暗暗有了主意。

她跟著那兩個侍衛出了房門，沿著樓梯往上走去——關押她的地方果然是在地下。

上了地面，夏瑤稍稍打量了一下四周，這明顯是沈浚長久居住的地方，設施齊全，看來即便是逃犯，他依舊沒放棄維持自己的生活水準。

廚房提供的食材都是海島上常見的，夏瑤往桌上看了一圈，問道：「這裡有沒有其他食材？這些海產我不會做。何況太子爺要的是王爺認出我做的菜來，我平時可不用這些東西做菜。」

身後跟著她的兩個侍衛對視了一眼，其中一人問道：「妳要什麼食材？」

夏瑤想了想，掰著手指道：「牛奶、糯米粉、生粉、豬肉、辣椒跟大蒜。」

那侍衛聽完以後回道：「我去請示一下主子。」

夏瑤不置可否，轉身在廚房翻了翻，找到一籃芒果，從裡面拿了一顆體型大又熟透的，從中間剖開，將果肉切成一塊塊正方形，還順手塞了一塊進嘴裡。芒果汁水豐富，比她前幾天吃到的味道更好，另一個侍衛在原地牢牢盯著她，對她的淡定有些詫異。

過沒多久，那侍衛回來了，他將一籃食材放到桌上道：「妳看看是不是這些。」

食材很齊全，夏瑤滿意地點了點頭，打算做芒果糯米糰和蒜泥白肉。

一旦開始做吃的，心中僅存的那一點緊張也消失了。夏瑤將糯米粉、生粉與牛奶混在一起，加糖攪勻後上鍋蒸熟；接著她拿了一口乾淨的鍋，將一些糯米粉放進去炒熟，等一下好當成手粉使用。

東西蒸熟之後拿出來稍微放涼，在案板上迅速揉勻，成為一個光滑的麵團。夏瑤從上面取一塊下來，在案板上撒了一層手粉，接著將麵團擀開，包入一塊剛才切好的芒果肉，一個芒果糯米糰就做好了。

夏瑤做了兩個，她拿了把小刀對半切開兩個糯米糰，將一半遞給兩個侍衛道：「兩位大哥幫我嚐嚐味道吧，這裡的食材我不熟，不曉得吃起來如何。」

兩個侍衛猶豫了一下，沒有接過手，夏瑤便順手將半個芒果糯米糰吃了，說道：「這本就是要送去給王爺吃的，我不至於動手腳。」

其實那兩個人倒不是怕她下毒，外面有重兵看守，就算把他們毒倒了，夏瑤也不可能逃走，反正就是試吃而已，沒什麼大不了的。其中一人先伸過手接下，另一個人看到夏瑤沒打算要把手放下，也伸手接過糯米糰，一口塞進嘴裡。

芒果糯米糰外皮柔軟香甜，奶香與芒果的甜美格外搭配，是他們從未接觸過的味道。

這世上極少有人能抗拒美食，兩個侍衛吃了芒果糯米糰，神色也緩和了些，甚至在夏瑤做蒜泥白肉時幫她壓了幾瓣大蒜。

蒜泥白肉用的是五花肉，用加了薑片和蔥的水煮熟，取出放涼後切成薄片。醬汁是用醬油、糖與芝麻油調製的，切好的五花肉薄片放在盤子裡，鋪上蒜泥和辣椒末，隨後在鍋裡煮沸醬汁，直接澆到肉上。滾熱的醬汁能迅速激發出蒜泥與辣椒末的味道，肉被燙過後也更容易入味。

夏瑤挾了一小半料理放在另一個盤子裡，抽了兩雙筷子道：「兩位大哥再幫忙嚐嚐吧。」

蒜泥與辣椒末被熱油一燙，在空氣中爆發出強烈的香味，這回兩個人也不客氣了，一人挾了一口放入嘴裡，嚼了幾下之後點點頭，同時讚道：「不錯。」

夏瑤笑了笑，將剩餘的肉擺好，又將半個糯米糰擺上盤子，隨口問道：「兩位大哥是一直跟在太子爺身邊的？太子爺看起來挺凶的呢。」

其中一個侍衛說道：「太子爺只是嚴肅了些，畢竟是上位者。」

夏瑤將兩個盤子放進食盒，說道：「是從前的上位者吧？其實我剛才看到他還挺驚訝的，畢竟陛下一直在通緝他，太子爺如今能過著還算舒適的生活，多虧你們這些對他忠心耿耿的手下，你們也算得上是大功臣了。」

她並未掩飾話中的暗諷，另一個侍衛說道：「王妃倒也不必挑撥，我們對太子爺忠誠，他自然不會虧待我們。」

「是嗎？」夏瑤擦了擦手道：「我看太子爺對你們也不是很尊重，依舊呼之即來揮之即去，事情做不好還會被懲罰。說實在的，除了你們這些忠臣，難不成還能找到其他肯幫他忙的？更何況，你們怎麼知道他一定會成功？就算成功，鳥盡弓藏，也不是不可能的事。」

兩個侍衛不再搭話，放下了手中的筷子，其中一位說道：「既然王妃做完了，就請回房吧。」

夏瑤點點頭，柔順地隨他們回到地下室。懷疑的種子已經埋下，只要等著它靜靜發芽就行了。

沈世安心急難耐地在沈澈房裡走來走去，走了快五十圈之後，被沈澈拉住道：「你能不能別轉了，轉得朕頭暈，朕已讓人搜查全島了，你先別急。」

「全島範圍那麼大，兩天都不見得搜得完。」沈世安停下步伐，懊惱道：「早知道今日就該讓阿瑤來這裡等我。」

沈澈還想說些什麼，外面就有人急匆匆地進來，手裡拎著個食盒道：「陛下、瑞王爺，有人將這個食盒放在林子裡，上面寫著『瑞王爺親啟』。」

「食盒？」沈澈走過去說道：「拿來給我。」

小心地打開食盒，裡面並沒有什麼機關，只有兩盤吃的，底下壓著一封信。沈澈伸手抽出信封，沈世安立即聽到了，問道：「信上寫了什麼？」

沈澈猶豫了半晌，嘆道：「信上說，叫你明日清晨去島上北邊的山洞裡交換王妃，若是不去，送來的就不是料理，而是廚師的手了。」

沈世安沒有什麼激烈的反應，而是伸手摸了摸食盒裡的盤子，問道：「她做了什麼菜？」

看到他這副模樣，沈澈以為他受到太大的刺激，一時有些心慌地說：「世安……你……」

沈世安閉了閉眼睛，又問了一遍。「她做了什麼菜？」

他這麼堅持，沈澈也只能往食盒看去，瞧了一會兒後茫然道：「朕不認識，不過看起來有一盤是豬肉，另一盤像是點心。」

沈世安伸出手道：「點心拿給我。」

遲疑了一下，沈澈拿了半個芒果糯米糰放到沈世安手上，覺得自己的弟弟是不是失心瘋了，這時候居然只惦記著吃。

沈世安聞了聞手裡的糯米糰，咬了一口後道：「皇兄，你是不是以為我瘋了？」
朕是覺得你不太對勁，只是這話不好說……沈澈心想。
「阿瑤既然能做菜，說明她現在並未受傷，也沒什麼危險。」沈世安說道：「況且像她這般聰慧的姑娘，既然有機會送菜過來，肯定會想辦法傳遞訊息。」
沈澈眼睛一亮道：「她傳了什麼訊息過來？」
「菜是用豬肉做的，」沈世安說道，又舉了舉手中的點心道：「這點心裡頭則是有牛奶。皇兄，我們來這裡幾天，你可曾吃到豬肉或牛奶？」
沈澈想了想，的確，來這裡之後他們吃的東西和當地人差不多，都是各種海鮮和水果，蔬菜的品種也不多。他問道：「這代表什麼？」
「代表給她這些食材的人，在島上待了有一段時日了。」沈世安說道：「更何況牛奶不易保存，島上又沒有冰塊，肯定需要新鮮現擠的，這跟豬肉都不是這裡常見的食材，只要查查島上哪裡養了牛和豬，自然能找到那人的位置。」
沈澈點點頭，對身旁的人說道：「照王爺說的去找。」
放下手裡的芒果糯米糰，沈世安說道：「那我明日清晨就去他說的山洞吧。」
沈澈皺了皺眉說：「朕安排些人手給你。」
「不必了，飛星帶我去就行。」沈世安說道：「他在島上經營多年，我們做什麼必定全在他監視之中，倒是皇兄要好好查查，這座島當時是什麼人發現的。」

「不行！」沈澈斷然拒絕，說道：「他本來就想取你性命，你這樣豈不是去送死？不是皇兄心狠，對朕而言，王妃遠遠不及你重要，朕不可能讓你冒險去換她回來，除非能確保你的安危，否則今天這門你別想出。」

沈世安在原地停了片刻，倒也不和他爭執，抿了抿嘴，開口說起另外一件事。

「皇兄，其實早在那個冬天之後，生死對我而言就無關緊要了，之所以堅持活著，是因為我知道，若是我死了，皇兄肯定會愧疚自責。」

沈澈先是茫然，後是震驚道：「你、你從未與朕說過這個。」

「沒什麼好說的，說了也沒人能幫我。我當時想，就這樣一個人熬上幾十年，到了該死的年紀也就解脫了，可後來遇到了阿瑤……」沈世安淡笑道：「一開始我心想就成親吧，若真能救她一命，也算是做好事，沒想到她竟然真的恢復健康了，那時候我就覺得……可能我也會好起來。」

沈澈第一次覺得這個弟弟距離他這麼遠，他原本對自己無話不說，是從什麼時候開始，他把這些全都藏在了心裡呢？

「後來我的眼睛一直沒好，阿瑤始終放不下這件事，但其實我已經無所謂了。」沈世安繼續說道：「這段時間，我的人生比過去更加輕鬆愉快，彷彿她已成了我的雙眼，她不嫌棄我看不見，那其他事對我就沒那麼重要了。所以希望皇兄明白，讓我什麼都不做看著她死，就像是讓一個終於重見光明的盲人再次陷入黑暗，若真有那麼一天，我不知道還能不能堅持下來。」

他沒有明說，但沈澈已經理解了他的意思，只能轉過身深吸了一口氣道：「行，朕明白了。」

沈世安將手杖放到一旁，鄭重地跪下道：「對不起，皇兄，若是我……」話還沒說完，沈澈就打斷他，道：「朕不想聽你說對不起，你給朕活著回來，不然……沒人能護住你的王妃！」

夏瑤第二天一大早就被人從地下室帶出來送上馬車，最終抵達一處山洞。

「妳猜猜，世安會不會用自己來換妳？」沈浚彎下腰，湊在夏瑤耳邊問道。「沈澈可是把弟弟放在心尖上疼的，我覺得就算他要來，恐怕也來不了，妳今天這手是別想留了，可惜啊，妳做的東西味道的確不錯。」

夏瑤往旁邊躲了躲，他身上的氣息讓她覺得噁心。

他剛說完，外面就有人通報。「主子，人來了。」

沈浚驚訝地笑了一聲，道：「竟然來了？我真是低估了妳的重要程度。」

夏瑤緊張地握住拳頭，她已經送出了線索，只要派人抄了此處即可，為何沈世安執意要來？

「東西不能帶進去！」山洞外有人說道。

「你們不讓人帶領我，也不讓我用手杖，那我怎麼進去？」沈世安不滿的聲音傳來。

沈浚不耐煩地喊道：「一根木頭手杖而已，怕什麼，讓他進來！」

夏瑤的心隨著手杖輕微的敲擊聲漸漸收緊，生怕沈浚發神經，一上來就對付沈世安。幸好這位前太子是個老派的壞蛋，似乎打算先說幾句狠話再下手。

「小五，」沈浚露出笑容道：「許久不見，我對你甚是想念。」

沈世安冷漠道：「我這輩子都不想再見到你。」

「何必這麼生分呢，」沈浚說道：「我好歹是看著你長大的。」

「你想要什麼？若是想要我留下，那就放了王妃，她對你毫無用處。」沈世安不耐地說道。

「本來的確是沒什麼用，」沈浚用一種格外欠揍的語氣說道：「不過我昨天發現你這王妃做的菜味道確實不錯，把她留在我這裡當個廚娘也行啊。」

沈世安拽緊了手裡的手杖，眼下夏瑤在沈浚手中，他不敢激怒他，只得壓抑著怒氣問道：「你到底想要什麼？」

只見沈浚摸了摸自己的後腦勺，說道：「這樣吧，你跪下給我磕三個頭，我就讓她走。」

聞言，夏瑤眉頭皺了起來，沈世安倒是毫不猶豫地往前走了兩步，直接跪下，朝著沈浚出聲的地方結結實實地磕了三個頭。

沈浚愣了一下，訝異道：「你、你怎麼……」

「磕頭而已，又不是砍頭。」沈世安問道：「現在可以放人了嗎？」

沈浚臉色鐵青，顯然被氣壞了，狠狠咬著牙道：「不行，我反悔了，你們兩個都得留下！」

說實在的，夏瑤覺得沈浚不太正常，畢竟一個人經歷了大起大落，又執著地對著一個幾乎不可能實現的目標努力了好幾年，的確會產生一些心理問題。

沈世安輕笑了一聲，小聲道：「早猜到了。」

他的聲音太小，沈浚忍不住稍稍往前傾了傾身子，問道：「你說什麼？」

第四十一章　勇於革新

就在這一瞬間，夏瑤眼前一花，只覺得沈世安猛然從地上竄起來抱住沈浚，隨即看到一段劍身從他背後刺了出來，劍尖上緩緩凝聚出一滴顏色濃厚的鮮血，「啪」地滴落到她面前的地上，夏瑤傻住了，沒能反應過來。

「你、你……」沈浚難以置信地瞪大了眼睛道：「你怎麼……」

「我剛才說的是，我猜到你會反悔，」沈世安抱著他的肩膀低聲道：「你是不是覺得我瞎了，所以毫無威脅？沈浚，你這自大的毛病，看來這輩子是沒機會改正了。」

穿過心臟的長劍迅速帶走了沈浚的體溫，動靜小到外面的侍衛都沒聽到聲音。夏瑤低下頭，看到沈世安扔在地上的手杖，只見手杖的前端被取了下來，裡面是中空的──他居然真的改造過手杖了。

「阿瑤？」沈世安將沈浚的屍身放到地上，朝夏瑤這邊走過來，問道：「妳沒事吧？」

夏瑤的嘴被堵住，只能發出「唔唔」聲，她的手腳也被綁了起來，因為束得太緊，有些麻痺了。

沈世安摸索著幫忙解開繩子，夏瑤疼得「嘶」了一聲，小心地活動著自己的手腳，有點茫然地說：「這就……結束了？」

「沈浚這個蠢材，不過是『那些人』的傀儡罷了。」沈世安將劍用沈浚的衣服擦乾淨，收回了手杖裡，又道：「不過在他們找到下一個更有價值的傀儡之前應該是沒事了，現在問題只剩怎麼在重重看守下逃出去了。」

沈世安口中的「那些人」，就是前朝餘黨，他們一直以來都在尋求復國的方法，明裡暗裡拉攏當朝重要人士，喬公公也是其中之一。對他們來說，只要有利用價值就行，從不考慮人品或中心思想這類條件，他也是花了很大一番力氣才解決喬公公這顆毒瘤。也許往後還會碰到其他狀況，但只能見招拆招了。

夏瑤探頭瞧了瞧洞口，馬上就瞄到了一個熟悉的身影，她想了想，說道：「我有辦法。」

手腳的痠麻感總算是褪去了，夏瑤起身走到山洞口，小聲叫道：「大哥……侍衛大哥！」

這侍衛就是昨天看著她做菜的其中一人，他猛然轉過身看著夏瑤。

只見夏瑤朝他笑了笑，說道：「侍衛大哥，昨天我說的話你可有想過？」

昨天？侍衛稍稍回憶了一下，想起她昨天說的，微微皺了皺眉道：「妳怎麼出來了？太子爺呢？」

「太子爺……」夏瑤笑了笑，回道：「沒有太子爺了。」

侍衛瞪大了眼睛，夏瑤立刻「噓」了一聲，道：「侍衛大哥，你可要想好，沒了太子爺，你殺了我和王爺又有什麼用？還是倒戈吧，反正一樣是當侍衛，在誰底下做有差嗎？」

那侍衛「哼」了一聲，道：「我是太子爺身邊的人，他失敗了，我還能活著？」

夏瑤淡淡一笑道：「有我在，保大哥一條命不難。不瞞你說，昨日我就遞出了消息，如今陛下的人應該已經找到你們的大本營了，就算你不倒戈，也無法逃脫，不如信我一次？」

直到坐上離開山洞的馬車，沈世安還是很驚訝，不禁問道：「妳是怎麼說服他的？」

夏瑤往他身上靠過去，回道：「吃人嘴軟，誰都逃不過。」

「妳沒事吧？有沒有受傷？」沈世安回過神來，主動伸手抱著夏瑤。

「沒事啦，」夏瑤躺在他腿上打了個呵欠道：「就是有點累，我昨天一晚上都沒敢睡著。」

方才有一個人死在自己面前，夏瑤應該很害怕才對，然而她太疲倦了，累到連害怕的情緒都出不來。

夏瑤想起那個老婆婆的事，說道：「……她說我神魂不穩，雖然她害了我，但我覺得她說的是真的。」

「神魂不穩？」沈世安對著這個詞皺了皺眉頭，問道：「為什麼會不穩，是因為之前的病嗎？」

夏瑤並不打算說出真相，只是搖了搖頭道：「我覺得若是能找到那個老婆婆，可能就知道問題怎麼解決了。」

「我安排人手去查，」沈世安拍了拍她，說道：「妳睡一會兒吧。」

夏瑤昨天膽戰心驚到無法成眠，這會兒知道自己已經安全，很快就睡著了，再醒來的時候，已經回了他們的小屋。

沈澈畢竟是一國之君，不能在外面待太久，在島上又住了兩天後，他們就啟程回去了。

回程時沈世安暈船的狀況沒那麼嚴重，加上御廚們跟著夏瑤學了怎麼醃漬酸豆角，自然省得她操心了。

「瑤瑤，妳可算回來了！」

回到京城的第二天，夏瑤剛到點心鋪子裡，就被上官燕給拉住了。

「怎麼啦，太久沒見，想我了？」夏瑤叫人把從海島帶回來的椰子剖開，說道：「我帶了好吃的水果回來，可惜路途遙遠，其他東西不好保存，下次有機會我們再一起去吧。」

「欸，這個不重要，」上官燕擺擺手道：「妳還記得那個遠山居士嗎？就是寫〈亡國公主〉的。」

她這麼一說，夏瑤才意識到自己這段時間都沒寫故事，有點心虛地說道：「記得啊，怎麼了？」

「上次讀書會，有幾個小姐非要說遠山居士是男子，說女子哪有這麼大的格局，能寫出這樣的故事來，真是氣死我了！」上官燕氣呼呼地說道：「我覺得能這麼體諒女子在這世上生活的難處，遠山居士必定是女子，然後我們就吵起來了。那個短篇集不是在王爺名下的書店出的嗎，王爺能不能打聽到遠山居士究竟是男是女啊？」

「這個啊……」夏瑤想了想，覺得沒必要瞞著她，回道：「是女子。」

「我說吧，我就知道是女子！」上官燕高興地說：「是誰啊？我們認識不？有才華又能寫文章的姑娘家不多，說不定我們認識呢！」

夏瑤憨著笑道：「妳認識啊，不僅認識，妳還和她頗為熟稔呢。」

「哈？」上官燕在腦海裡搜尋了一圈，狐疑道：「不會是我大嫂吧？」

夏瑤嘆了口氣道：「看來我的文筆還不夠深入人心啊……妳怎麼猜不到是我呢？」

上官燕頓時傻眼，說道：「是、是妳？其實我猜過，但是那種用字遣詞的習慣，實在是和妳平日說話的方式不同。」

「王爺幫我改過，」夏瑤說道：「不過故事還是我的，只是用詞不夠書面。」

「難怪！」上官燕因為這個秘密激動了一會兒，片刻後突然捂著嘴笑得渾身發抖道：「瑤瑤，妳說要是王秋語知道遠山居士就是妳的話，會不會氣死？她啊……可是最推崇遠山居士的人了！」

夏瑤眨了眨眼睛道：「誒，我最善良了，還是先不要告訴她這個事實吧。」

上官燕點點頭，忍不住想像王秋語得知真相那一刻會有多震驚，那畫面惹得她時不時就要笑上一會兒。

「對了燕兒，我最近有個想法，」夏瑤說道：「妳覺得該不該讓女子和男子一樣，也能讀書識字？」

「嗯？我們現在就能啊，」上官燕疑惑道：「我家就給我請了先生呢。」

「我說的是其他人，」夏瑤解釋道：「妳看那些男子，即使是普通人家，家裡也會努力攢錢讓他們讀書識字，有些富商或達官貴人甚至會資助貧窮人家的男子讀書，可是女子呢？只有我們這種人家才會請先生到家裡，學的也大多是些風花雪月，不夠實用。妳想想，若是要到〈亡國公主〉的故事的程度，主角背後有個女子智囊團，妳覺得自己學過的東西有用嗎？」

上官燕想到故事裡的姑娘們與敵國談判、自己動手製作武器跟使用計謀的橋段，搖了搖頭道：「真的沒用呢，可是大家都覺得這是男子的事，像我父親為我請先生，也只是為了讓我以後和夫君有話聊，或者能料理家中事務。」

「但是為什麼呢？」夏瑤說道：「男子能做的事，女子也可以做到，為什麼只有他們能做那些偉大、名留青史的事，女子就只能當輔助者？難道妳不想功成名就嗎？女子有才能的人也很多，憑什麼只能在家庭中消磨時間？」

「但是……後院中的事情也很重要啊，」上官燕說道：「大家不都是這樣嗎？」

「後院中的事情很重要，那為什麼男子不能做？」夏瑤問道。

即使上官燕算得上是這個時代思想十分前衛的姑娘，夏瑤這種想法還是讓她覺得有些難以理解，她回道：「男子怎能困在家中呢，自然要躋身仕途，想辦法做出一番自己的事業，女子又不能為官，頂多就是經商啊。」

「女子不能為官，所以只能做些後院中不重要的事，不必讀書；又因為不讀書，見識短淺，自然不能為官，為國家做事……」夏瑤感慨道：「所以這就是一個惡性循環，永遠不會有突破的那天。燕兒，妳覺得這是無心之過，還是刻意為之？」

上官燕一時被夏瑤的話繞暈，半晌沒反應過來。

「好了，我現在不過是提出一個想法而已，」夏瑤笑道：「下次再有聚會時，不妨討論一下這件事，反正讓女子讀點書不是什麼壞事，至於我說的那些，目前距離實現還遠得很。」

上官燕點點頭道：「這倒是，讀書識字不是壞事。對了瑤瑤，要不下次的聚會由妳主辦吧？其實她們對王府還挺好奇的。」

「要在王府辦？」夏瑤猶豫了一下，說道：「王爺不太喜歡熱鬧，還是算了吧。」

上官燕想起之前沈世安迫不及待要趕她走的模樣，說道：「也是，那就算了，別到時候哪個姑娘又被王爺罵哭了。」

「下次聚會是什麼時候？」夏瑤說道：「有時間的話，我倒是可以再寫幾篇相關的故事，正好給大家一點時間思考。」

「女子私塾?!」

夏瑤在聚會上提起這個想法的時候，那些貴女們不禁面面相覷。

「如今大部分人還是奉行『女子無才便是德』這個道理，即使有錢，還是少有人家會願意讓姑娘家們讀書。」

「可不是嗎，即使像我們這樣讀過書的，外面有人問起來，也是說只識得幾個字罷了，」有小姐接話道：「長輩們都說書一讀得多，女孩子心思就浮了，不好做人家媳婦。」

別說是古代，就是現代，夏瑤也聽過不少這種話——女孩子念了書就不肯結婚了，還是少念一點好。其實這只是女孩子眼界變得開闊，不會再渾渾噩噩受人操控罷了。

「我知道外頭的人都這麼說，」夏瑤說道：「但實際上大家都知道讀書的好處，即使如今女子不能為官，但是讀萬卷書如行萬里路，我覺得姑娘家們不該把自己侷限在家裡。久居家中的女子總是被指責目光短淺，這是因為不能參與外界的事務，妳們也是女子，難道希望自己的未來和家中的母親一樣嗎？」

半晌後，有人小聲道：「我才不要像母親一樣，她什麼都不知道，我讓她識字看書，想和她討論些時下的新鮮事，她卻不肯，說家裡這麼多事，哪有空像我一樣天天玩樂，可是我與哥哥、父親在飯桌上討論些什麼，她一句也聽不懂，總是和父親為了一點小事爭吵。」

「是啊，因為她的世界就是家中那一方小天地，對你們來說是小事，在她眼中就是大事。」夏瑤嘆道：「若是以後成了親，妳們也會變成這樣。」

「難怪我父親一定要我讀書呢。」那小姐說道：「我原來還不了解，現在明白了。」

「還有一句話，不知道妳們現在是否能聽懂。」夏瑤猶豫了一下，還是說了出來。「很多人覺得女子見識少，所以女子說的話經常不被人放在心上，若我們也能讀書，甚至能參加科舉、能為官，那麼我們的意見就會被重視了。」

「女子為官？這怎麼可能呢？」有人驚訝道：「當官的不都是男子嗎？」

「有何不可？」王秋語突然開口。「我並不覺得自己比兄弟差，小時候一起識字讀書，我學得比他們還快，但就因為他們可以參加科舉，我不能，所以後來長輩就不讓我跟著一塊兒讀書了。這世上的規矩為何都是由男子制定？女子若是能為官，那我們也一樣能制定規矩！」

夏瑤朝她說道：「沒錯，女子不能為官、不能隨意出門，女子一定要料理家中事務，這林林總總都是男子訂的規矩，自然是向著男子，然而無論男子或女子，都是人生父母養的，我們哪裡不如他們？為何一舉一動都要按照他們訂的規則去做？妳們難道不想更自由一些？不想開開眼界？」

她轉身拿起桌上的東西道：「這點心叫椰子糕，椰子是我這回和陛下還有王爺一起出海時，從海島上帶回來的，妳們剛剛嚐過了吧？」

眾人紛紛點頭，雖然不知道夏瑤怎麼會突然把話題轉到椰子上，還是誇讚道——

「味道的確很好，我從沒吃過這種味道的點心。」

「對啊，真的很美味！」

「就是說啊，我還在想這是什麼東西呢……」

「那海島上不只有椰子，還有其他我們從未見過的水果，」夏瑤說道：「有比我手臂更長的龍蝦、各種五顏六色的海魚跟味道極其鮮美的扇貝，言語都無法描繪出那萬分之一的美好。」

這些姑娘們全瞪大了眼睛聽著，神情流露出好奇，夏瑤又說道：「但去那海島的，除了我和皇后還有幾位婢女之外，其餘都是男子。」

王秋語一愣，問道：「妳、妳這是什麼意思？」

「意思是說，那些跟著陛下前去考察海島的都是男子，因為他們可以當官、當御廚、當侍衛，」夏瑤說道：「無論原本是什麼階層，只要夠努力，都有機會看到更多風景，而妳們呢？不僅聰慧，家境也優渥，教養又好，然而只要規則一日不變，妳們永遠都沒有那樣的機會。」

「我、我哥去了，他是御前侍衛，」有位小姐開口道：「還為我帶了島上的貝殼回來，是他親手撿的。我原本還很開心，覺得哥哥出門時仍惦記著我，現在一想，若是女子也能當官，說不定我就能親手去撿貝殼了呢。」

「所以，」王秋語轉向夏瑤說道：「妳是想讓陛下開放女子科舉？這恐怕很難。」

「不，現在要走這一步還太快了。」夏瑤說道：「先要讓女子讀書、明事理，讓陛下看到女子並非沒有見識，除了家中事務，也能成為國家棟梁。陛下不是推崇不拘一格降人才嗎？女子也可以是人才，只是這條路注定要走上很長一段時間，妳要跟我一起嗎？」

第四十二章　人間悲劇

「我？」王秋語瞪大了眼睛，她沒想到夏瑤會邀請自己，懷疑地說道：「妳為什麼……該不會打著什麼別的主意吧？」

夏瑤笑了笑，說道：「我只是覺得妳的想法和我很像，怎麼，妳怕我？」

「我怕妳？我害怕的人還沒出生呢！」王秋語心虛地提高了聲音。「加入就加入，妳放心，我做事向來光明磊落，不會乘機胡來的。」

這倒是，雖然王秋語一直覬伺沈世安，卻都是直接和夏瑤對上，從沒試圖勾搭他……當然，也可能是她不敢。

無論如何，能找到一個同盟，這次聚會也算沒白來，兩人正說著話，沈玉就走過來拍了拍夏瑤說：「加我一個，光靠妳出面，皇兄那裡可不一定行。」

上回討論故事時沈玉雖然沒發表什麼意見，可她想法一向跑在前頭，也樂見女子的地位提升。

「還有我還有我！」上官燕舉手道：「加我一個！」

「請問，可以讓我也加入嗎？」有人在一旁試探地問道。

回頭一看，是當時說被〈亡國公主〉故事感動哭了的、吏部侍郎家的女兒，叫做崔穎。

夏瑤點頭道：「當然可以啊，不過這件事現在還沒譜呢，倒是不著急。」

其他人對此沒什麼興趣，都散開去討論別的了，沈玉說道：「開私塾要經過批准，何況是女子私塾，不如我這兩天遞摺子給皇兄，先看看他的意思。」

崔穎有些不安地問道：「若是到時候沒有人來怎麼辦？」

夏瑤笑道：「放心，哪怕是為了跟我們幾人拉近關係，也會有不少人家將女兒送來的。」

沈玉遞了摺子上去，如夏瑤所料，並未被批准。

「皇兄說朝中反對聲浪太大，」沈玉說道：「都說我們是在胡鬧。」

「正常，我想開私塾的想法也不是一天就冒出來的，得給他們一點時間思考。」夏瑤並未失望，只道：「這回不行，就下回再提，平日多做一些能證明我們能力的事，讓他們慢慢適應。」

沈玉頷首道：「的確是，我們需要讓他們認可女子的能力。」

夏瑤正想著能有什麼辦法，機會就來了。

一到夏天雨水就偏多，總會發生大大小小的水災，朝廷每年都會派人賑災，像沈世安這樣的，一般只需要待在離災區遠一些的地方主持事務，有些人則會帶著家中女眷一同前往，做些布粥之類的事，也算是為自己積攢名聲。

夏瑤原本沒有別的想法，只打算照規矩跑個流程，然而布了兩天粥之後，她覺得事情有些不對勁。

賑災的糧食有固定的數量，避免有人故意多打，除非證明是無法行動的傷病人員，其餘人都只能打自己的那一份，誰知來打粥的多是男子，有壯年人，也有十幾歲或七、八歲的，女子占不到其中五十分之一，而且年紀大多在三十歲左右。

夏瑤不由得詫異，問身旁的當地官員。「為何都是男子？你們這裡女子的數量這麼少嗎？」

那官員答道：「不會，若是女子數量如此少，怎麼生孩子？只是逃難的時候，總會先讓家中男丁先走，至於女眷嘛，能跑的就自己跑了，跑不了的，帶上也是累贅，有些人家寧願多帶一件家具，也不願意帶上個拖後腿的女人。」

「連自己的妻子跟女兒也不帶？」夏瑤覺得不可思議。

「唉，災後會有逃難潮，到時候從那些人當中再娶一個就行了。」那官員說道：「至於女兒，本來就是賠錢貨，少一個又算得了什麼。」

夏瑤撈粥的手頓了頓，隨即將勺子交給身後的人，抬手招呼望月跟她離開。

那官員問道：「王妃要去哪裡？這裡人多雜亂，您別亂跑啊！」

夏瑤頭也不回地甩下一句。「去救人。」

「妳要去救人？」沈世安驚訝地否決道：「雖然雨已經停了，但是大多數地方的洪水並未退去，何況水災過後往往伴隨著疫病，這裡的水最好不要碰。」

「我問過了，」夏瑤說道：「目前這些水大多是上游洩洪下來的，屬於流動性的洪水，存在疫病的可能性並不高，現在水流不快，很多人可能只是不敢涉水，說不定還在高處等待救援。」

沈世安猶豫了一下，說道：「我跟妳一起去。」

夏瑤愣了愣，不希望他去冒險，只道：「王爺不是得留下來主持中饋嗎，不必和我一起……」

「妳覺得我會讓妳單獨涉險？」沈世安起身道：「妳都會擔心我了，難道覺得我不會擔心妳？與其待在這裡提心吊膽，倒不如和妳一起去。稍等一會兒，我調派一下人手。」

夏瑤被說服了，拉住他道：「多備幾艘船，我這邊也有不少人手。」

「妳那邊有人手？」沈世安驚訝道：「不是只帶了望月來嗎？」

「是本地一些逃出來的女人們，」夏瑤領著他往外走，說道：「她們聽說我要回去救人，就主動過來報名了，有十幾個呢。她們諳水性，又熟悉村中地形，每船派一到兩個，讓她們帶著救援的官兵前往吧。」

沈世安一聲令下，官員便飛快地安排好了船隻與人手，夏瑤、望月跟一個當地婦人搭上一艘救援船，沈世安和飛星則搭上另一艘船，和她們往同一方向前進。

「桂花嫂，妳帶路吧，」夏瑤說道：「我們不清楚這裡的狀況。」

桂花嫂回道：「那就先去俺們家那片吧，俺們兩個跑出來的時候，隔壁顏家媳婦兒好像上了房頂，她娃兒還小，怕是無法帶著出來。」

夏瑤點點頭道：「那我們快去。」

望月力氣大又有技巧，小船被她划得飛快，夏瑤還在四處張望屋頂和樹上有沒有人，就聽見一旁的桂花嫂驚呼道：「唉呀，水怎麼漫上來了，快救人！」

說著桂花嫂就要下水，望月眼尖地看到前方房頂上有個人站著，手中還抱著個襁褓，水已經漫到她腰部，人在水流中被推得搖搖晃晃。

望月一把拉住桂花嫂，道：「在這裡等著，我去！」

她起身踩著水面上的浮木，幾步就到了那人面前，桂花嫂驚呼一聲。「唉呀，這閨女會飛啊！」

望月接過襁褓，順便扶住在水中搖搖欲墜的女子，低頭一看，只見小嬰兒閉著眼睛安靜地沈睡著，她不由得鬆了一口氣。

桂花嫂划著船到了她們旁邊，望月將襁褓交給夏瑤，順手將那女子拎上船。夏瑤摸了摸襁褓，竟然一點都沒濕，不禁看了那臉色青白的年輕母親一眼，心中有些感慨。

「謝謝……謝謝妳，桂花嫂。」那年輕女子憑著一口氣撐到現在，這會兒站不太起來，卻還磕頭道：「多謝幾位，妳們的大恩大德，我永世都不會忘。」

「妳坐著休息一會兒吧，」夏瑤抱著孩子說道：「船上沒有乾淨的衣服，等回到岸上我找一身給妳，再看看大夫。對了，妳可還有家人？」

那女子苦笑著搖頭道：「我丈夫和公婆嫌棄我生的是女娃，洪水一來就拋下我和孩子逃跑，我不想再回去了。」

桂花嫂嘆道：「我家那口子也丟下了我和丫頭，妳若是不想回去，以後就跟著我還有其他幾個逃出來的姊妹一起吧，雖說我們都是女子，但是大家湊在一起做點漿洗縫補的活兒，日子倒也能過下去。」

「不找家人的話，我為妳們單獨安排住處，」夏瑤說道：「橫豎人不多，聚在一起安全些。」

懷裡的小女娃動了動，似乎快要醒了，夏瑤拍了她兩下，她癟癟嘴又睡著了。夏瑤接著說道：「只是妳一個人帶著這麼小的孩子，怕是不容易。」

「有什麼不容易的，」那女子無所謂地說道：「以往我也是一個人帶她，還要一手包辦家務，如今沒其他事要做，說不定更輕鬆些。」

她倒是想得開……夏瑤點點頭，不再說什麼。

一路上她們又救了幾個年紀不大的小姑娘，一群人抱成一團瑟瑟發抖，幸虧是夏天，不怕凍壞了。

見船上的人多起來，夏瑤道：「望月，先回頭吧，再來船就坐不下了。」

望月接了命令，按照桂花嫂的指揮調轉船頭，船槳卻「啪」的一下撞到了什麼，船隻立即被卡住了。

夏瑤手中的孩子差點飛出去，嚇得她立即收緊了手，問道：「怎麼了?!」

「下面好像有東西，」望月說道：「屬下去看看。」

船旁邊是個造型奇特的塔狀建築，看起來像是用來祭祀的，片刻後就見望月從水中摸出一把東西，她拿上來一看，皺起了眉頭道：「這是骨頭？底下不會是垃圾場吧？」

夏瑤轉頭看了兩眼，有些茫然。這骨頭看著很小，但又不像是雞鴨之類的骨頭，便問道：「很多嗎？清理一下以後能不能走？」

「挺多的，底下都是，屬下再試試。」望月說著又要下水。

「姊姊，別去！」船上有個小姑娘突然說道：「那是……不吉利的地方。」

「不吉利？」夏瑤看向她問道：「什麼不吉利？」

救完人回來之後，夏瑤的情緒一直很低落，那些細小的、白森森的骨骼在她眼前揮之不去，實在是令她難以接受。

「為什麼會有人這麼殘忍？」夏瑤對沈世安說道：「哪怕是對陌生的孩子都下不了這樣的手，何況是自己的孩子？他們沒有為人父母的本能嗎？」

「當所有人都這麼做的時候，無論是愧疚感還是負罪感，都會減少。」沈世安摸了摸她的頭髮道。

夏瑤搖了搖頭說：「傳宗接代的執念如此之重，重到人性都泯滅了，簡直可怕。」

「對了，妳之前不是想要開女子私塾嗎？」沈世安突然問道。

「嗯，陛下不同意。」夏瑤疑惑地問道：「你怎麼突然想到這個？」

「不曉得妳介不介意……」沈世安沈吟片刻道：「妳若是想說服皇兄，倒是可以用這裡的女嬰塔作一篇文章。」

夏瑤腦子不笨，很快就明白了沈世安的意思，問道：「你是說……利用這裡丟棄女嬰的風俗？」

沈世安頷首道：「皇兄向來看重百姓，對他來說，這件事的分量夠了。」

夏瑤看了看外面被救回來的那群年輕女子，逝去的已無法挽回，活下來的還要克服傷痛過日子，便點頭道：「皇姊說朝中反對聲浪大，我認為上摺子沒什麼作用，既然要做，就要保證絕對成功！」

五日後，一場罕見的辯論在朝堂上展開，這也是勵國開國以來第一次允許女子上朝。

「婦孺之輩大多蠢笨無知，讓女子念書，不過是浪費國力罷了。」有臣子站出來說道：「更何況女子手無縛雞之力，在外面能做些什麼？家中事務清閒，更適合女子。」

「蠢笨無知，是因為她們沒念過書，而不是天生愚笨，您若是和田邊的老農討論政務、談論文學，也會覺得他們蠢笨無知。」夏瑤反駁道：「至於女子手無縛雞之力，更是無憑無據。您若是去外頭瞧過便知道，無數底層婦孺在運貨打鐵、砍柴種田，這些工作無一不比端盤子跑腿的活計更吃重，何來不能做事一說？她們不過是沒機會做更輕鬆的活兒，只能賣苦力勉強餬口。」
那個人愣了愣，不發一語地退下了。
後面又有幾個人輪流出來表達反對的意見，一一被夏瑤說退，眾臣不禁有些騷動。
「你們和我說到現在，不過是些老生常談，」夏瑤說道：「無非是不相信女子的能力，也不願意給個機會罷了，這些道理全站不住腳，女子私塾自然沒有理由不能開。」
「陛下，萬萬不可。」禮部的薛尚書站出來說道：「若是讓女子也上學堂、參與科舉與出門工作，誰還願意在家生兒育女、相夫教子，如此國家豈不是亂了套？王妃，如今勵國正值發展之期，處處需要用人，若是女人們都不生育子女，如何保證有足夠的人力來做事？」
夏瑤笑了起來，轉向薛尚書道：「這回就對了，總算是有人說出了實話。」
薛尚書被笑得有點慌張，不滿道：「本來就是實話，女人是人丁興旺的保障，若是她們也和男人一般，如何保證國家的延續？」
「人丁興旺、子孫滿堂，這便是你們想看到的。」夏瑤說道：「是啊，只要孩子源源不斷地出生就夠了，於您而言，女子就如同圈養的牲畜，什麼都不必做，只管叫她們生孩子就行，哪用得著管她們受了多少罪、底下埋葬了多少屍骨？」
薛尚書皺起眉道：「什麼屍骨？豈能在這裡說這種不吉利的話！」

夏瑤轉過身，看向沈澈說道：「陛下，您可知道女嬰塔？」

「女嬰塔？」沈澈疑惑道：「什麼東西？」

「我這回前去救災，看到村莊裡有個奇怪的高塔，大約有兩層樓高，裡面堆了滿滿的白骨。」夏瑤說道：「我心生疑惑，問了村裡的人，為何那些屍骨如此幼小，而且並未好好埋葬？那邊的人告訴我，那都是村民丟棄的。剛剛出生的女嬰，家裡不想要，就抱來丟在這女嬰塔中，時間一長，村中的野狗和天上的禿鷲也能明瞭，只要有啼哭聲，就說明有了新的食物，便來將嬰兒啃食乾淨。」

她的語氣很是平淡，朝堂之上卻是一片寂靜，半晌之後，才有個年紀不大的聲音問道：「為何……為何他們會做出此等滅絕人倫之事？」

「滅絕人倫？」夏瑤嗤笑了一下，說道：「你們猜不到是為什麼？剛剛薛尚書不是說了嗎，女人只能在家中相夫教子、生兒育女，既然沒什麼其他用處，留著做什麼？」

「胡說八道！下官何曾說過女人無用？」薛尚書大聲回道，朝著沈澈跪下說：「陛下明鑑，這都是無知的村婦們做的，和老臣剛剛說的話並無關係，女子是國家人丁的保證，怎麼會不重要?!」

第四十三章　私塾開張

「並無關係？」夏瑤朝著他走近一步，說道：「您是想不到，還是壓根兒不願意去想？您可知道民間管女兒叫什麼？賠錢貨。因為花費心力養大一個女兒之後什麼也得不到，她的人屬於丈夫，要為別人家生兒育女，為他人的父母養老送終，她對自己家最大的作用，不過是在兄弟們娶不起妻子的時候，用自身為兄弟換親或換錢。即便如此，家中有一、兩個女兒也就夠了，多餘的有什麼用？還不是為別人養的。與其讓人占便宜，不如早早送去餵野狗，你們所寫下的、覺得對國家有益的、不經過大腦的每一條規則，都是為她們鋪下的死路！」

「這、這……」薛尚書一時反應不過來，只能說道：「這和王妃想要讓女子讀書做工又有什麼關係？她們依舊要出嫁！」

「如果女子能和男子一樣，憑一己之力賺到工錢，那麼至少可以不用以自身為代價替兄弟換親。」夏瑤察覺自己太過激動，差點懟到薛尚書臉上，她稍稍後退了一點，又道：「若是能賺錢、能讀書出人頭地，父母可能會留她們一命，再說，這只是第一步罷了，連這一步都不願退讓，薛尚書，您何來臉面說自己在意這些女子的性命？」

薛尚書說不出話來，夏瑤又道：「您說國家需要人丁？要我說，將女子強行押在家中生兒育女，才是竭澤而漁，數以萬計的女嬰消失，未來也不可能誕育子嗣，這就是我們保障人丁興旺的方式？」

「下官……實在是想不到，會發生這種事。」薛尚書背後冷汗涔涔。

「因為她們的聲音太弱，壓制的力量又太大，呼救聲連村口都出不去，更別說上達天聽了。」夏瑤閉了閉眼睛，痛心道：「您知道我看到那些屍骨時的心情嗎？那麼細小，上面還布滿了動物的咬痕，光是一想到她們怎麼消失在那些畜牲的嘴中，我就覺得自己罪孽深重。」

薛尚書聲音顫抖道：「王妃，您……您別說了。」

「光是聽您就受不了了嗎？」夏瑤聲音裡帶著涼意。「我還把她們帶回來了呢，如今就在宮門外等著，你們想看看嗎？」

明明陽光明媚，宮殿中的人卻因為這番話而渾身發冷，薛尚書抖得更厲害了。

夏瑤轉向沈澈跪下道：「擅自將屍骨帶入宮中，還請陛下降罪，只是她們已經無法開口，若是我不出聲，她們的冤屈將永遠無處訴說。」

沈澈的表情有股難以言喻的哀傷，片刻後他說道：「瑞王妃何罪之有？將屍骨呈上來吧，連一個小姑娘都能看，你們這些人看不了？剛剛不是還口口聲聲說女子不如男子嗎？」

裝滿了白骨的棺木被抬了上來，棺蓋掀開，裡面不是一具骸骨，而是細小的骨頭，雜亂地擺放在一起。殿內沈寂了一陣子之後，隱隱傳來有人忍不住反胃的聲音。

「抱歉，塔中的屍骨實在太多又太亂了，只能這樣拿來。」夏瑤說道。

沈澈的聲音低啞，咬著牙問道：「還有嗎？」

夏瑤點點頭說：「還有五具棺木，都是一樣的。」

沈澈沈痛地閉上眼，半晌後睜開雙眸，聲音疲憊道：「下罪己詔吧。」

眾臣因為骨骸而受到驚嚇的心情還沒回復，又被嚇了一跳，頓時跪了一地，紛紛喊道：「陛下！不可啊！」

夏瑤也驚訝道：「陛下，這不是您的錯。」

「朕是皇帝，連朕的子民受這樣的罪都不知道，怎麼不是朕的錯？」沈澈站起身道：「下罪己詔，徹查各地的女嬰塔，還有，王妃說的女子私塾，朕准了，之後需要準備些什麼，妳呈個奏摺上來，說得具體一些。」

出了宮殿，夏瑤被陽光刺得神思有些恍惚，有人從背後攬住了她的肩膀——是沈世安。

「王爺。」夏瑤這時候才知道害怕，整個人抖得站不住，被沈世安轉過來摟進了自己懷裡。

「妳做得很好，」沈世安拍著她的背安撫道：「即使是我，也不可能做得更出色。」

退朝的臣子們陸陸續續走了出來，有人看見夏瑤在這裡，走過來朝她深深彎腰行了禮，不發一語地走了，漸漸的，越來越多人走過來，同樣朝她行過禮才離開。

夏瑤緊緊地揪著沈世安的衣服不停顫抖，沈世安察覺到她不對勁，見人走得差不多了，一把將她抱了起來，朝沒人的地方走去。

只見夏瑤縮在沈世安懷中，從發現女嬰塔開始就一直壓抑著的情緒突然一口氣爆發，好半天才平復。

夏瑤帶回來的那些女嬰屍骨被妥善安葬了，女子私塾的事也井然有序地開始推行，進展比夏瑤想像中更為順利，很快就收到了第一批學生。

因為是陛下恩准，這些學生倒也有幾分天子門生的意思，都是來自高門貴族的姑娘家。

國子監準備的課程和大多數女子以往學的一樣，除了琴棋書畫之外，就是類似《女誡》、《女訓》這類閨閣女子常念的書籍。

夏瑤翻看了課表一遍，搖了搖頭，對傳話的司業說道：「我這裡也列了一份課程計劃表，煩勞司業大人帶回去給陳大人看看。」

如今陛下看重她，眾人當然不敢造次，那司業忙道：「說不上煩勞，本就是要和王妃商量的，既然王妃已經定了課程，那下官就帶回去請陳大人看看。」

「法學、算術、治術、科外……還要添加武術？」國子監祭酒陳志賢看完夏瑤列出的課程，皺眉道：「這不是和科舉考試的內容一樣嗎？女子何須學習這些？」

「瑞王妃說了，武術並不需要特別專業，只是為了讓學生們可以活動筋骨、保持健康，才能好好學習。」被派去和夏瑤溝通的那位司業說道。

「那這『科外』又是什麼？」陳志賢繼續問道。

「瑞王妃說就是教一些有趣的小知識，用來放鬆心情。」司業答道：「她說這門課會親自教授，若是大人有興趣，到時候可以去看看。」

「罷了罷了，就照瑞王妃說的去做吧，到時候那些小丫頭們嫌苦嫌累，堅持不了，可別怪課程安排得太重。」陳志賢將課程表還給司業，說道：「照內容安排先生吧，對了，找性情溫和些的啊，別到時候嚇哭了小姑娘們！」

春節過後，女子私塾正式開學了。

授課第一天，照例要讓大家互相熟悉一下，也要介紹先生們，夏瑤身為女子私塾的開辦人，理所當然地接下了這個任務。

「別的話我就不多說了，」夏瑤介紹完幾位先生，對著底下一張張稚嫩又帶著些茫然與好奇的臉，神色轉為嚴肅，說道：「妳們家裡想必都有長輩在朝中做事，也知道這女子私塾能成功開辦的原因，可能有些人覺得來這裡是為了博一個名聲，但我要告訴妳們，指望天上掉餡餅是不可能的，妳們是女子私塾第一屆學生，我抱有很高的期盼，希望妳們能開創先河、創造歷史。」

有個小姑娘小聲問道：「王妃，我們要創造什麼歷史啊？」

夏瑤看了她一眼，認出她是上官燕的堂妹上官蘭，朝著她點點頭，答道：「剛才我介紹先生的時候，想必妳們已經看出來了，這裡的課程和一般男子去的普通私塾其實一樣，或許有人認為姑娘家對這些東西懂點皮毛就行，反正學了也沒用，但我不認可這種說法。

「女孩子上學的機會不是我一個人爭取來的，這是九泉之下，因為重男輕女這種觀念而死去的萬千女嬰換來的機會，我不允許『隨便學學』這種態度，我要妳們的成績比肩男子，甚至超越他們，讓瞧不起女子的人看看，只要給我們機會，女子和男子能做得一樣好，妳們做得到嗎？」

小姑娘們面面相覷，不敢答話，夏瑤淡淡一笑，說道：「怎麼了？還沒有開始，妳們就退縮了？那些男學生是比妳們多一顆頭，還是多一隻手？他們能做到的，妳們做不到？要知道，從我說要辦女子私塾開始，有多少人在背後說這是浪費時間、無端消磨先生們的精力，覺得女子根本不適合正經念書，只能學女紅、讀些風花雪月，難道妳們也這麼覺得？甘心被人說自己不如那些男學生？」

「我不甘心！」上官蘭站起來說道，她的聲音還有幾分稚氣，說出的話卻很堅定。「我娘說我從小就聰明，比我哥厲害多了，可是他上了學堂以後卻每天被家裡人誇獎有出息，我覺得自己肯定學得比他好！」

「別擔心，」夏瑤見其他女孩子還有幾分怯意，安慰道：「除了這幾位先生，我還請了其他幾位來幫妳們。」

眾家姑娘看向門口，隨後驚訝地瞪大了眼睛。

只見長公主沈玉、兵部尚書家千金上官燕、皇后親妹王秋語和吏部侍郎家千金崔穎一起從門口走了進來。

「這四位妳們都認識吧？」夏瑤說道：「她們將會擔任指導員，無論是讀書還是其他方面的疑惑，都可以請教這幾位姊姊。」

「燕姊姊！」上官蘭朝著上官燕用力揮手道：「我可以和妳一起嗎？」

「當然可以，」上官燕笑著朝她招招手道：「過來吧。」

「妳們可以選擇要跟著哪個指導員，」夏瑤說道：「但是每個指導員帶的人最好數量差不多，人多了會顧不過來，大家自己估量喔。」

說完以後，夏瑤讓四個人分開站好，朝著呆呆地站著不動的女孩子們拍拍手道：「快動起來呀，還等著指導員去選妳們嗎？」

畢竟是十二、三歲的小姑娘們，雖然在家中受過禮儀教育，平日走路或做事時都很嫻靜，但一瞬間就被夏瑤激發出了孩子氣，一群小姑娘鬧哄哄地在學堂裡跑得一團亂，總算選好了自己的指導員。夏瑤看了看，人數居然還挺平均的，看來她們都不笨。

「好啦，今天上午就這樣。」夏瑤說道：「第一天就不安排課程了，領好書之後就可以回去，明天記得準時來上學。」

很快的，女子私塾開學兩個月了，這天國子監祭酒陳志賢突然想起瑞王妃擔任先生的「科外」課程來，他叫過負責聯繫夏瑤的司業，說道：「去通知一聲，就說本官要帶些人瞧瞧瑞王妃負責的課程。」

這天碰巧有科外課，夏瑤笑道：「那您讓陳大人下午便來吧，剛好和我們一起出門。」

「怎麼上課還要出門？」陳志賢生怕錯過課程，早早就到了私塾，一來便見到夏瑤在整頓車隊，有些詫異地問：「瑞王妃，您這到底是什麼課？」

夏瑤露出神秘的微笑道：「陳大人跟著我去看看，不就知道了？」

幾輛馬車載著眾人，很快就抵達京城的一處寺廟，陳志賢詫異道：「難道科外課是求神拜佛？這怕是不妥吧？」

「當然不是，」夏瑤讓學生們下車，卻不進寺廟，而是去了一座高塔旁的空地，說道：「今天要來測量這座塔的高度。」

「測量塔的高度？」陳志賢疑惑地說：「這有何用。何況塔高應該是有紀錄的，問一下寺廟中管事的住持不就知道了？」

「我當然知道問住持就能知道，不過這畢竟是在學習，」夏瑤解釋道：「我希望她們今後能將測量方式運用在其他地方。陳大人，舉個例子，若是想知道一棵古樹的高度，您知道該怎麼測量嗎？」

陳志賢想了想，回道：「找個人爬到樹頂，然後垂下一條繩子，之後再測量繩子的長度。」

「這樣既不準確又危險。」夏瑤說道：「今天就讓您瞧瞧我們怎麼測量吧。」

陳志賢一頭霧水，看著夏瑤帶領一群小姑娘在高塔旁立了一根棍子，隨後開始測量記錄棍子與棍子影子的長度，還有高塔影子的長度，隨後用一根樹枝在地上計算了一下，很快就得到結果。

夏瑤笑著問道：「陳大人可要一起去問問寺廟住持，數值是否準確？」

陳志賢從剛才就完全看不懂她們在做什麼，也不相信用這麼簡單的方法就能算出塔的高度，可他倒也不表現出想法，只點點頭說：「既然是來聽課的，那自然是要和王妃一同去看看結果。」

雖然這個問題有些奇怪，但夏瑤的身分擺在那裡，寺廟的人不會為難她，很快便有小沙彌去找了住持過來。

住持稍微想了想，很快就報出一個數字，陳志賢對著夏瑤記在紙上的數字看了看，竟然分毫不差。

「這、這是如何測量出來的？」陳志賢驚訝道：「妳們明明連塔都沒碰，只在旁邊忙活了一通，這就能測出來？」

「這個嘛……」夏瑤說道：「說難不難，說簡單也不簡單，主要是她們基礎打得好，實行起來就容易了。」

其實這是非常簡單的比例概念，連畢氏定理都用不上。夏瑤在前幾節課就教過如何用分數比例進行計算，所以女孩子們很快就能按照影子和棍子的長度，進而推算出塔有多高，但是要向陳志賢解釋就有點難了。

陳志賢不知道在想什麼，突然陷入了沈思，夏瑤拍拍手，讓到處跑的小姑娘們集合起來，說道：「接下來按照妳們以前分的四人小組行動，去測量想測量的東西，隨便什麼都行，但是不要跑太遠，知道了嗎？」

小姑娘們齊聲應了，興奮地散開來行動，陳志賢走上前來對夏瑤說道：「王妃，不知道這種測量方法能不能教給下官？這樣一來，工部的事務會簡單很多。」

「倒不是什麼難事，況且這只是基礎的測量方法而已，除了這個，我還有很多能簡化你們工作的辦法，」夏瑤意味深長道：「只是不知道您打算用什麼來交換？」

陳志賢一聽她還有更多東西能教，不由得精神一振，摸了摸鬍子道：「若是王妃能傾囊相授，下官會儘量滿足您的要求，不管是要更好的先生，或是要再開幾所女子私塾，都沒問題。」

夏瑤擺擺手道：「我就算什麼都不做，這些東西時候到了也會有，陳大人，您可得拿點誠意出來啊。」

陳志賢本來覺得夏瑤年紀小，再怎麼厲害，自己也能糊弄過去，結果剛開口就被她識破了，不禁有些尷尬，笑了兩聲掩飾道：「不知道王妃想要什麼？」

第四十四章　奇蹟好轉

夏瑤笑了笑，說道：「倒也不麻煩，我想要讓女子也能參加科舉考試。」

「這……」陳志賢猶豫地說：「自古以來……」

「您又來了，」夏瑤搖了搖頭道：「自古以來，還從未有過女子私塾呢，現在不是有了？」

「可是為官之人都是男子，若是讓女子也做官，這男女授受不親……」陳志賢說道：「怕是不太好吧。」

夏瑤挑了挑眉道：「那就男女分開為官，多招些女子，分開辦公不就行了？陳大人，這是能慢慢商議的事情，現在我就想要您一句話，女子到底能不能參加科舉考試？」

「這……」陳志賢遲疑道：「下官得回去和眾人商議一下，做個章程。」

「我會將我的科外課程都寫出來，整理成冊，」既然他鬆了口，夏瑤當然給出了自己的承諾。「待陳大人寫出女子科舉的規程，我們再交換。」

這算是雙贏的局面了，陳志賢又說道：「下官只是做個章程，至於陛下那邊能不能過，下官可不能保證。」

「這個嘛，就不勞陳大人費心了，」夏瑤狡黠一笑道：「只要您寫了摺子，陛下那裡我自有辦法。」

陳志賢點點頭，又笑道：「難怪夏相爺總在人前誇耀自家閨女，王妃若是男兒身，成就怕是要超過夏丞相。」

「陳大人，」夏瑤說道：「我即便不是男兒身，也會超過我爹爹。」

陳志賢一愣，隨即摸著鬍子大笑道：「好！有志氣！想不到夏啟東那個最會搓湯圓的老頭子竟能教出這樣的女兒來，下官就等著看王妃以後的成就了，我們老嘍，大勵的將來，還是在你們這些年輕人身上。」

夏瑤恭維道：「陳大人這麼快就能吸收新鮮的事物，怎麼能說老呢，您這腦子比一般年輕人好多了。」

兩個人商業互吹了一會兒，就有學生跑來給夏瑤看她們的測量成果。

夏瑤接過夾著紙張的硬木板，陳志賢也湊過去看，一瞧這圖文並茂、條理分明的實驗報告，他又眼饞道：「唉呀，這樣的記載方式倒是清晰，若是六部也能用上……」

瞄了這小老頭一眼，夏瑤忍不住笑了，說道：「這個好說，我一會兒回去就替您把框架列出來，算是提前給個贈品。」

一老一小相視一笑，對這個合作相當滿意。

學生們的作業都收上來之後，還剩下一些時間，夏瑤問道：「妳們要不要自由活動？下午就這一節課，也沒別的事要做了。」

小姑娘們歡呼起來，上官蘭問道：「先生，我們能不能去『三顧』呀？」

夏瑤笑了，說道：「妳和妳燕姊姊一樣，沒事就想著吃。」

這些女孩子們並不怕夏瑤，嘻嘻哈哈鬧著道：「我們也想去！」

夏瑤思索了一下，說道：「反正還早，不如我們一道過去做些點心吧？也好帶回去給妳們家人嚐嚐。」

瑞王妃的好手藝人人皆知，一聽說可以做點心，小丫頭們更高興了，迅速上了馬車，吵嚷著叫馬夫快一些。

夏瑤回頭問陳志賢。「陳大人要不要一起去？」

陳志賢早就聽夏丞相說過他女兒手藝有多高超，這會兒當然不會放過能白吃的機會，立刻點頭道：「既然還未下課，那下官自然要一同前去。」

夏瑤也不戳破陳志賢的想法，欣然和他一同上了馬車。

點心鋪子的二樓原本空了一大半，夏瑤去年秋天時閒著沒事，就裝修了一個活動室，正好讓學生們做點心。

上了二樓，夏瑤差人送了茶水上來，問道：「妳們要做鹹的點心還是甜的點心？」有人要鹹的，有人要甜的，上官蘭「膽大包天」地舉起手道：「我都要！」這下子可好，所有人都反應過來，舉著白嫩的小胳膊嚷嚷。「都要都要！」

夏瑤拿這群精力旺盛的小姑娘沒辦法，笑著道：「那就分兩組，一組做甜的，一組做鹹的，到時候交換吃，怎麼樣？」

小姑娘們很快就自動分成了兩組，陳志賢道：「王妃也太慣著她們了，女孩子們怎可這般大呼小叫、毫無規矩？」

夏瑤看向分得整整齊齊、等著她分配任務的兩群小姑娘，說道：「哪裡沒規矩了，這不是分得很好嗎？小孩子就該有點活力，要是腦子裡只有死規矩，再有天賦的人都會變傻。」

陳志賢看著已經安靜下來的學生，也沒話說，只好搖搖頭，坐下來喝茶。

夏瑤想了想，對她們說道：「鹹的就做起司牛肉捲，甜的做櫻桃白玉捲，如何？」

聽完夏瑤說的，這些女孩子們心想：完全不知道王妃在講什麼，但是聽起來很厲害的樣子……

兩種點心做起來都不難，起司牛肉捲要先揉麵，將麵團揉到微微起筋，吃起來口感更好，小姑娘們人小手勁也不大，排著隊一人揉一會兒，跟玩遊戲似的。

麵團揉好之後擀薄，放上滿滿醃漬過的碎牛肉、大蔥絲，再按照喜好放上一大把新鮮的牽絲起司，隨後將麵團裹起來，放到煎鍋中煎到兩面焦黃。

做這種牛肉捲並不需要放油，外面的麵皮既薄又有嚼勁，裡面的起司被熱氣融化，奶香味包裹著嫩嫩的牛肉，肉汁格外豐富，大蔥絲被加熱後有一種特殊的焦糖甜味，和牛肉很搭，而且還能去腥，一口咬下去，各種食材的味道融合在一起，讓人想一吃再吃。

櫻桃白玉捲則是一道做起來稍微精緻一些的點心。外面的糯米皮是用櫻桃皮染色的，呈現淡淡的粉色，中間裹著一層柔軟的海綿蛋糕，以及一層用鮮奶油和櫻桃肉做的慕斯，軟得幾乎拿不起來。

小心地捏著櫻桃白玉捲咬一口，牙齒碰到柔軟的糯米皮和細膩綿軟的蛋糕，彷彿在吃一朵飄散著櫻桃氣味的彩雲。

夏瑤切了一塊起司牛肉捲和一塊櫻桃白玉捲，送到陳志賢面前道：「陳大人嚐嚐吧，這也算是孩子們的科外作業。」

陳志賢將櫻桃白玉捲送進嘴中，新奇的口感讓他連連點頭，咬了一口起司牛肉捲後，他驚訝道：「這捲餅竟能如此美味？這裡頭的白色食材是何物，為何有牛奶的味道？」

夏瑤笑道：「這就是用牛奶做出來的，叫做起司，和肉食格外搭配，王爺也喜歡這個。」

陳志賢頷首道：「夏相爺沒胡說，王妃的手藝確實比宮裡的御廚更好，下官還是第一次覺得食物如此美味。」

點心做了很多，夏瑤單獨分了一份，讓人送回王府，又說道：「轉告王爺，今日晚飯吃肉末豆腐和紅燒肉，我一會兒就回去。」

這段時間她忙著私塾的事情，冷落了沈世安，前兩天就覺得他似乎是有些不開心了，既然今天有空閒，就回去做個晚飯，安撫他一下吧。

自從聽夏瑤說過她魂魄不穩的事之後，沈世安便派人尋找那個海島上的老婆婆，然而她卻像是憑空消失一般，任憑他們怎麼搜索都找不到。

從老婆婆的話裡，夏瑤推論出她一定是有什麼弱點掌握在沈浚手中，然而沈浚已經死了，如今什麼線索都找不到，實在是讓人著急。

其實魂魄穩不穩什麼的，夏瑤倒不是那麼在意，因為似乎並不影響生活，但想到她的魂魄不穩定下來，沈世安的眼睛就好不了，還是挺讓她揪心的。

「島上還是沒消息傳過來嗎？」吃過晚飯散步的時候，夏瑤問道。

沈世安搖搖頭說：「我覺得那老婆婆說不定都不在島上了，不過妳為什麼那麼信任那個老婆婆？」

「就……覺得她應該沒有騙我，」夏瑤說道：「就是一種感覺。」

沈世安牽過她的手道：「罷了，就算找不到又如何，現在這樣不是也挺好的？」

「哪裡好了啊，」夏瑤咕噥道：「你都不知道我長什麼樣子。」

沈世安一愣，片刻後安撫道：「我不在乎妳長什麼樣子，對我來說長相並不重要。」

夏瑤撇撇嘴道：「王爺也會說這種話哄人了啊……」

事情的轉機發生在冬日某個早晨，夏瑤被身旁的沈世安吵醒，翻了個身就發現他不停地揉眼睛，她頓時嚇了一跳，坐起身問道：「怎麼了？」

「我眼睛裡好像有東西。」沈世安皺著眉說。

「別揉了，你眼睛都紅了。」夏瑤拉開沈世安的手，認真地盯著他的雙眼看了一會兒，突然發現他的眼睛好像有了一點焦距，她不禁疑惑地問道：「等等，你現在什麼感覺？」

「就不太舒服……」沈世安也緊張起來，反問道：「怎麼了？有什麼問題？」

夏瑤心思一動，說道：「等一下。」她拉開帳子，用手在沈世安面前揮了幾下，問道：「能看到什麼？」

沈世安先是一愣，隨即用混合著驚喜與恐慌的表情說：「我、我好像能感覺到一點什麼，但是只有一點點，說不定是錯覺。」

「那就請太醫來看看，」夏瑤果斷地下床走到門邊喊道：「長青，去請太醫過來。」

在外面守著的長青心一慌，結結巴巴道：「王、王爺怎麼了？」

「王爺沒事，」夏瑤安撫道：「就是想請太醫為王爺診察一下眼睛。」

「可是還沒到固定診察的日子啊。」長青疑惑道。

一旁候著的晚秋不耐煩道：「叫你請你就去請，哪來這麼多問題?!」

長青這會兒也反應過來自己話太多，連忙應著小跑離開，晚秋轉頭隔著門問道：「王妃可要梳洗？」

夏瑤心不在焉地點點頭，轉身回了房裡。

長青剛剛一時慌張說錯了話，這時候殷勤得很，親自去了宮裡，惹得太醫院也緊張起來，太醫拎著藥箱跟著長青一路小跑，緊趕慢趕地到了王府。

「王爺剛剛說好像能看到一些影子，」夏瑤一見太醫進來，等不及他行禮了，迫不及待地拉著人往房裡走，說道：「快給王爺瞧瞧。」

「能看得見？」太醫的神色立即嚴肅起來，跟著夏瑤進房，仔仔細細為沈世安檢查了一番。

「如何？」夏瑤緊張地問道：「是不是真的能看見？」

「王爺對光有一些反應，」太醫回道：「只是不知道這是一時的，還是確實有好轉，需要定期觀察才行。」

夏瑤點點頭，心底生出一絲期盼。

雖然不知道原因，然而從那天開始，沈世安的視力一天一天慢慢恢復，從視線模糊，到逐漸能看出物品的輪廓，只花了半個月時間。

夏瑤百思不解，困擾了她這麼久的事情，竟然毫無徵兆地就要解決了？

秋天時莊子上送了不少柿子來，有些是脆柿，酸澀難以入口，也不好入菜，夏瑤乾脆把它們去了皮，掛在房簷下做柿餅。這會兒下過雪，夏瑤跑去捏了捏，柿子基本上都軟了，披上了一層白霜。她拿了一個柿餅撕開，柿子肉已經變得微微透亮，又甜又軟，有一些黏牙，但是味道極好。

在甜食不多見的時代，這種天然的甜味點心非常受歡迎，夏瑤順手又摘了兩個拿去給沈世安，問道：「要不我們去道長那裡一趟吧？說不定她知道怎麼回事。」

沈世安咬了一口柿餅，點點頭道：「也好，順便問問道長能不能解決妳魂魄不穩的事。」

「對了，」夏瑤低頭湊到他面前問道：「你今天覺得怎麼樣，是不是能看清楚我了？」

沈世安笑著抬起手，準確地戳了一下她的臉頰道：「輪廓看得更清楚了，跟我想像中似乎差不多。」

夏瑤吃完一個柿餅，就躺在貴妃榻上把沈世安的腿當枕頭，朝著壁爐的方向伸了伸腳，嘟嘴道：「等你看清楚了就知道，我長得可好看了……雖然比不上你啦。」

沈世安摸摸她的頭說：「嗯，我知道。」

冬天就是容易犯睏，夏瑤原本想要下午時就去道觀一趟，結果竟然迷迷糊糊地躺在沈世安腿上睡著了，醒來時已經接近傍晚，只好第二天再去。

道觀裡的小徒弟們都愛吃甜食，夏瑤思考了一下，打算做個另類一些的雪媚娘——柿餅雪媚娘。

雪媚娘的皮其實很好做，糯米粉加生粉和糖，混合均勻後加入牛奶，攪拌到無顆粒，上鍋蒸兩刻鐘。取出蒸好後的混合物，趁熱摻進一塊奶油，揉成光滑的麵團，放在一旁降溫。等麵團降溫的時候，往鮮奶油裡稍微加一些糖，手動打發，因為柿餅已經很甜了，所以夏瑤放的糖很少。

再來，削掉柿餅外面的皮，只留下柔軟甜蜜的內餡，雕塑成一個個圓形。取一塊麵團擀開，鋪在碗底，然後放上一勺鮮奶油，鋪上柿餅餡，再加一些鮮奶油包起來，倒扣小碗之後，就是一個白嫩嫩、圓滾滾的雪媚娘。

做成雪媚娘之後，柿餅的口感更軟糯，鮮奶油淡化了柿餅的甜味，增添了柔和醇厚的奶香，夏瑤自己忍不住吃了兩個，還拿給了沈世安一個。

沈世安接過雪媚娘端詳了一會兒，嘆道：「難怪以往妳東西做完一拿出來就聽見他們驚嘆，原來不僅好吃，連樣子也比別人做的精巧些。」

夏瑤笑咪咪地說道：「等你眼睛全好了，我再做桃花酥和荷花酥給你看，那才真的叫精巧呢！」

雪媚娘做起來方便，夏瑤做了好大一盒拿去道觀，小徒弟半路上偷偷揭開看了一眼，驚呼了一聲，急急忙忙跑去和小夥伴們分享了。

夏瑤熟門熟路地進了道長屋子裡，只見道長笑道：「陛下剛來信告訴貧道，說瑞王爺的眼睛似乎是見好了，貧道就想著你們什麼時候要來。」

沈世安坐下問道：「道長可知道是怎麼回事？」

道長提起茶壺，為他們倒了兩杯茶，說道：「聽說王妃前段時間見過一個老婆婆？」

「島上的那個？她說我魂魄不穩，道長認識她？」夏瑤說道。

道長點頭道：「那應該是貧道的師娘，雖說不是師父，但她的本事其實在貧道的師父之上，只是她不肯輕易出手，定是我師兄……罷了，我們師門的恩怨，就不對王爺與王妃說了。王妃，您伸出手讓貧道看看。」

夏瑤伸出手，道長凝神看了半晌，臉上露出一絲笑容，說道：「果然，王妃的掌紋變了，難怪王爺的命數也有了變化。」

盯著自己的手心看了半天，夏瑤完全看不出哪裡變了。

「看來天機說得沒錯，你們兩人的命數相互牽連，如今已經不會有危險了，王妃盡可放心。」

「但是到底是為什麼突然有了變化呢？」夏瑤疑惑道：「是因為那次在島上王爺救了我嗎？」

道長神秘地笑了笑，說道：「如今還說不準，再過一個月，便可知曉。」

第四十五章　如夢似幻

一個月過去，沈世安的眼睛基本上恢復正常了，那天早上夏瑤迷迷糊糊醒來，被懟到自己面前的臉嚇了一大跳，整個人瞬間清醒過來，瞪大眼睛道：「王爺你做什麼啊，嚇死我了！」

「阿瑤果然比我想像中更好看。」沈世安微笑著說道。

夏瑤坐起身道：「你、你眼睛完全好了？」

沈世安點點頭說：「我現在看得清妳每一根睫毛。」

夏瑤驚喜地湊過去，從他眼眸裡清楚地看到了自己的模樣。她眨了眨眼說：「那你剛剛數了嗎？我有幾根睫毛。」

沈世安沒想到她會問這個，有點結巴地說道：「我、我沒真的數啊。」

夏瑤噗哧一聲笑出來道：「那我們今天吃火鍋怎麼樣，慶祝一下？」

沈世安同意道：「好，我想吃酥肉。」

即使視力恢復了，他還是那個沈世安，夏瑤忍不住親了他的臉頰一下說：「做糖醋肉吧，你不是喜歡酸甜口的嗎？」說著，她下床換起了衣服。

沈世安原本盯著她看，這會兒目光卻躲閃了一下，有些不知道往哪裡放。夏瑤發現了，有點想笑地調侃道：「我都看過你了，你不想看回來嗎？」

這話讓沈世安久違地臉紅了，把頭埋進了被子裡。

火鍋的鍋底廚娘們都會做，夏瑤只負責做糖醋肉，她一邊調味一邊思索著，沈世安的眼睛到底是因為什麼原因變好的。

糖醋肉上桌，沈世安挾了一塊放入口中，下一秒就猛地捂住嘴，表情一時扭曲，夏瑤嚇了一跳道：「怎麼了，燙到了?應該不會啊?!」

「不、不是……」沈世安猶豫了一下，還是問道：「這是不是廚娘做的？」

「是我做的呀，」夏瑤有些疑惑地吃了一塊，說道：「哪裡不對嗎？」

「妳不覺得很酸嗎？」沈世安又試著吃了一塊，忍不住吐出來，他突然福至心靈地想到一件事，問道：「阿瑤，妳這個月是不是沒來癸水？」

火鍋自然是吃不成了，太醫離開之後，夏瑤被沈世安強制安置在床上，兩個人都還反應不太過來。

自從知道沈世安不是因為餘毒未解才無法復明之後，夏瑤就沒怎麼注意自己的身體，沒料到這一天來得如此突然。

「所以是因為我有身孕了？」夏瑤說道：「有身孕，魂魄就穩了嗎？」

沈世安茫然道：「可能是。」

「所以你的眼睛就好了？」夏瑤往旁邊挪了挪，把沈世安拉過來靠著，說道：「早知道是這樣，你的眼睛就能快些好起來了。」

「妳想那麼早當娘親？」沈世安問她。

夏瑤嘆了口氣道：「其實我現在也不想做娘親，我不夠資格，做不好。」

和她相比，沈世安倒是出乎意料的淡定，只道：「我覺得妳會是最好的娘親，再說了，不是有我在嗎？」

夏瑤點了點頭縮進沈世安懷裡，覺得心情平穩了不少。

明明才說過有他在的，然而不知道出於什麼原因，沈世安忽然忙碌了起來。

夏瑤懷孕之前，他就算有事，每日也有一半的時間在家裡待著，在這之後倒是天天早出晚歸，有時候夏瑤睡了一覺起床，他還沒回來。

懷孕的人情緒本就起伏較大，夏瑤在這個陌生的時代，唯一信任的就是沈世安，如今這種特殊時期，沈世安卻時不時就不回家，她忍了一個星期，終於快爆發了，沈世安這天再度晚歸的時候，她硬是坐在外面的椅子上等他回來。

「阿瑤，妳坐在這裡做什麼？」沈世安帶著一身雪進門，一眼就看到撐著頭坐在堂前椅子上的夏瑤，連忙道：「妳懷著孩子呢，怎麼這麼晚還不睡覺?!」

夏瑤站起來朝他走過去，沈世安卻後退了一步，說道：「等等，我身上涼，等我換身衣服。」

只見夏瑤狠狠瞪了他一眼，轉身回房間要關門，怒道：「那你就別進來了！」

沈世安不愧有功夫，他眼明手快地將帶著潮氣的外袍脫下扔給飛星，一腳抵住差點被關起來的房門，軟聲道：「阿瑤，怎麼了？」

「你還問我怎麼了？」夏瑤眼見關不上門，也不關了，氣呼呼道：「我剛有了身孕你就不回來，這都還沒開始變醜呢，你就嫌棄我！」

沈世安一愣，上前拉住她的手，低聲道：「抱歉，最近實在是太忙了，我想趕快把事情做完，太醫說後面幾個月會比較辛苦，我打算到時候好好在府裡陪妳。」

夏瑤被他的手冰得縮了一下，皺著眉將自己暖手的香囊放在他手裡道：「也沒這麼誇張啦，晚秋她們不是都在嗎？」

「我覺得還是自己陪著妳放心一點。」沈世安將香囊還給夏瑤，催她窩進被子裡道：「我不冷，妳快躺下吧，我身上太涼，先去暖和一下再過來。」

「桌上有熱的蜂蜜柚子水，」夏瑤說道：「你喝完以後幫我帶一杯過來。」

沈世安搖搖頭，先為她倒了一杯，才去浴室洗澡。

「說起來，你之前好像沒這麼忙啊，」等沈世安洗完澡躺在床上，夏瑤問道：「是不是陛下覺得你眼睛好了，又安排了一堆事給你？」

「倒也不是，」沈世安說道：「皇兄只是多交給我女子參加科舉一事而已，其他事情都是以前在做的，只是我想快一點完成而已。」

「也沒必要這麼著急，就算你到時候要在府裡陪我，也能偶爾安排一點事情做，更何況，總不至於都要你親力親為吧？」夏瑤吐槽道：「除了女子科舉，其他都不急。」

沈世安笑了笑，有些不好意思地說：「我想在孩子出生前做完這些事，希望迎接孩子的是一個比現在更好的國家，雖然我的力量有限，但是我會盡可能達成目標，妳不是一直也這麼想嗎？」

夏瑤眨了眨眼睛，忍不住笑了。想想也是，沈世安看似性格清冷，實際上卻很重感情，只是因為容易受傷而不得不戴上面具罷了。

她親親沈世安的臉道：「不用急，等孩子長大到要面對外界的一切之前，還有很多時間呢，況且我覺得我們的孩子能成為改變國家的人，並不是只能靠你一個。」

沈世安點點頭，忍不住打了個呵欠。

夏瑤看著他一臉睏倦，無奈地搖頭道：「這段時間累壞了吧，天天早出晚歸的。」

沈世安「嗯」了一聲，說：「太累了有時候反而睡不好，連作夢都在工作。」

夏瑤將杯子放到旁邊的櫃子上，壞笑著在他耳邊說道：「那……我幫你想點別的。」

沈世安的呵欠打到一半，就被她驚得瞪大眼睛，一把抓住她的手道：「妳、妳有身孕了還……」

「噴，我幫你嘛。」夏瑤把手抽出來，強行欺負他。

沈世安還是第一次在自己看得清楚的情況下做這種事，忍不住掙扎道：「燈……」

「不許熄燈，」夏瑤按住他，道：「我喜歡看你的表情。」

這一招的確有效，沈世安累極了，很快便沈沈睡去，眼尾還帶著一點淺淺的紅暈。夏瑤湊過去又親了他一下，拉下了床簾。

幾個月的時間裡，發生了很多事。

蔬菜溫室改良設計之後，目前全國各地都有了基地，雖然價格還是很貴，但已經不是貴族專屬了。

避暑山莊的女童案正式落下帷幕，一下子清理了不少人，也順便為女子科舉打通了一條路。

雖然科舉還有一段時間才能正式施行，但是如今女子已能大方外出參與各種工作，光是京城就有好幾家專由女子經營的鋪子。

幾位御廚和夏瑤一起出了一本食譜，主要內容是夏瑤的方子，但每個人都貢獻了幾道經典菜式，勵國的美食種類總算是稍微豐富了一點。

因為夏瑤懷了身孕，王秋語、上官燕與崔穎幾乎全面接下女子私塾的管理職務，而且做得還不錯，小姑娘們的學習成果更是普遍比男孩子好，讓原本對此持反對態度的部分朝臣們有些改觀了。

至於沈玉，她來找夏瑤，說是準備去邊關找鎮南王沈滄訓練一支女子軍隊，想和她借望月跟虎妞一用。虎妞是和夏妘一起從避暑山莊被救出來的小姑娘，一直跟著望月，如今身手很不錯了。

夏瑤有些驚訝地說：「陛下竟然肯讓妳去邊關？」

沈玉聳聳肩道：「妳能開女子私塾，我為什麼不能去邊關？反正皇兄一天不讓我去，我就求他一天，後來他實在是沒辦法了，才同意讓我去，說畢竟弟弟人在那邊，大家有個照應。呵，他是我小時候的手下敗將，還不知道是誰照應誰呢！」

夏瑤笑著道：「那要恭喜皇姊心想事成了。」

「這還得多謝妳呢，」沈玉說道：「要不是妳夠離經叛道，我哪敢提出這種要求？」

「皇姊打算什麼時候出發？」夏瑤問道。

「總得等妳生完孩子嘛，」沈玉回道：「我得看看寶寶。再說了，我要是在妳生孩子之前就把保護妳的人都借走了，沈世安那小子還不得跟我拚命？」

夏瑤被沈玉逗樂，拍拍她的肩膀說：「那就恭喜妳啦，女將軍。」

「也恭喜妳，女先生。」沈玉頓了頓，又說道：「對了，上次和皇嫂聊天，她說倩兒還問皇兄為什麼公主不能當皇帝，她也想當皇帝，皇兄竟然沒生氣，還認真開始考慮這件事。妳知道，倩兒是長公主，也是皇兄和皇嫂唯一的孩子，若是她真的能繼承大統，那可是大喜事。」

夏瑤從來沒想到，她不過是想讓女子能讀書、工作跟參與科舉，這個國家就能有這麼大的改變，朝更好的方向發展，實在是讓她頗為欣慰。這也驗證了她的理念，女孩子們缺的從來不是能力，而是機會。

除了勵國上下，還有一個人更讓夏瑤驚訝，那就是沈世安。

夏瑤懷孕八個多月時開始想孩子的名字，沈世安問她。「妳想讓我們的孩子姓什麼？」

「姓、姓沈啊，不然還能姓什麼？」夏瑤茫然道。
「也可以姓夏，」沈世安說道：「只要妳想。」
夏瑤驚喜又意外地說：「你怎麼突然想到這個？」
「我聽見妳最近和王秋語在討論這件事，」沈世安說道：「光是提出建議，其實很難落實，不如從我們家開始，也好做個示範。」
夏瑤是想過這個問題，只是沈世安畢竟出身皇家，她沒想過要同時挑戰皇權和父權，所以一直沒提，沒想到他自己說出來了。
「再說了，如今皇姊是第一位女將軍，倩兒可能要當第一位女皇，我們女兒總得占個第一吧，這個第一不占，說不定就要讓王家占了。」沈世安開玩笑道。
夏瑤笑著說道：「你怎麼知道一定是女兒？」
「不知道，總覺得是女兒，」沈世安笑道：「我沒想過寶寶會是男孩子。」
一個月之後，夏瑤生下一個女兒，姓夏，名字是沈世安取的，叫念安。
夏念安，瑞王夫婦唯一的孩子，她將是勵國歷史上第一位女丞相，輔佐勵國第一位女皇沈倩，引領勵國步入最輝煌的時代。

醒來時，夏瑤正躺在自己床上，睜開眼，旁邊是一臉焦急的閨密。她動了動手指，感覺有點麻麻的，茫然道：「我怎麼了？」

「妳怎麼了？」關燕戳著她的腦門道：「我早跟妳說過住這種老房子時要注意用電安全，妳有聽進去嗎？差點嚇死我了知不知道！」

幸好她有夏瑤家的鑰匙，不然就要找警察破門而入了。

夏瑤迷糊地坐起身，覺得自己彷彿睡了一個世紀那麼久，可是關燕說從她掛電話到現在才過了一個小時而已。

一個小時？夏瑤猛然反應過來，跳下床道：「啊啊啊啊！我今天有重要的會議！完了完了，放了大佬鴿子，我的事業還有救嗎？」

關燕看了看手機，安撫夏瑤道：「別慌，還有一個小時呢，我開車送妳。」

好友開著車在路上風馳電掣，夏瑤在後座舉著眼線筆三分鐘了，還沒能準確地戳中自己的眼皮，不禁崩潰大喊：「妳能不能穩一點！」

「小姐，妳要是遲到了，就算化妝化成天仙，大佬也不會搭理妳！」關燕一個神走位，又超過了一輛車。

夏瑤一想也是，她把眼線筆扔回包包裡，補了一下口紅，讓氣色看起來好一點就停了手。

趕在約定時間前五分鐘，夏瑤抵達餐廳門口，稍微整理過衣服之後，就朝訂好的包廂走去。

門外有人在等候，見她過來，微微俯身道：「夏小姐，沈總已經在裡面了。」

大佬居然提前到了？夏瑤連忙看向手錶，發現自己並未遲到，不由得鬆了一口氣，朝服務生打開的門走了進去。

包廂裡坐了一個年輕男人，正低著頭在看資料，見夏瑤進來，他抬頭看了過來，夏瑤不禁一愣，在心底感慨：這年頭的大佬，不光事業有成，還這麼年輕帥氣，簡直隨時都能出道啊！

好在夏瑤還記得自己今天是來做什麼的，她帶著職業微笑走過去和對方握了握手道：「沈總，我是夏氏集團的夏瑤。」

「夏小姐，」對方臉上也保持了恰到好處的笑容，說道：「請坐。」

夏瑤入座之後，將文件夾裡的資料遞給他，道：「沈總，這是您之前向我要的資料，我已經整理好了。」

男人接過東西，稍微翻看了一會兒，問道：「夏小姐是想在夏氏原先產品的基礎上，開發一條新的高級食品產業鏈？」

夏瑤點頭道：「對，夏氏本來做的是中高級食品，因為是老品牌，在年輕族群中並不占優勢，所以我想做高級食品，走精品路線。」

「夏小姐大學時就在為這個打基礎了吧，妳送來的產品我已經讓人看過了，市場調查的結果也不錯。」男人說道：「妳想朝線上銷售的方向發展？」

「對，現在的年輕人更習慣網購，宅配這個行業目前也很發達，我覺得線上銷售更合適。」夏瑤將自己調查來的數據分析給他看，說道：「沈總覺得怎麼樣？」

夏瑤和這位大佬的合作意外的順利，不僅獲得了線上銷售的資格，對方還建議她研發一些不容易運輸的點心，在沈氏旗下的精品超市銷售。要知道這可是全國超市龍頭沈氏啊，除了他們自己的產品，沒有其他食品品牌能在他們旗下的精品超市銷售。

「那麼，合作愉快！」男人收好了資料，說道：「對了，夏小姐不介意的話，可以叫我世安，叫沈總就太客套了。」

第四十六章　再世情緣

夏瑤神情恍惚地出了包廂，覺得無論是合作案還是沈世安的態度，都美好得有些不真實。

關燕在餐廳的咖啡雅座區等待夏瑤，見她一臉茫然地走出來，朝著她揮揮手道：「瑤瑤，這邊。」

夏瑤走過去，端起桌上的咖啡喝了一口，剛剛因為太緊張，沒顧得上喝水，這會兒渴極了。

關燕安慰道：「是不是沒談成？正常啦，聽說這個沈世安出了名的難搞，想跟他合作的人大排長龍，沒幾個能成功的，妳畢竟才大學畢業沒多久，再找其他人合作就好了。」

「不是，」夏瑤放下杯子道：「我談成了。」

「談、談成了？」關燕看了看手機，驚訝道：「半個小時就到手了？」

夏瑤點點頭道：「說實話，不知道是不是我想太多了，我覺得……他想追我。」

關燕沈默了一下，摸了摸她的頭說：「完了，是不是剛才電出後遺症來了，怎麼腦子出毛病了呢？」

「妳才腦子出毛病！」夏瑤推開她的手道：「我讓他看了我以前整理的資料，其他什麼都沒說，結果他不僅同意讓我線上銷售，還在沈氏旗下的精品超市給我一個專櫃，不覺得很神奇嗎？難道他是覺得我有商業天賦，是未來的全國首富潛力股？」

關燕訝異地瞪大了眼睛道：「不光是談成了，他還主動要求合作？」

夏瑤頷首道：「難不成我真的是什麼商業奇才？他慧眼識人地發現了？」

關燕沈默了一會兒，說道：「妳把妳剛才那句話再說一遍。」

「我是商業奇才？」

「不，不是這句，」關燕擺擺手道：「再前面一點那句。」

「他想追我？」

「對，」關燕斬釘截鐵地贊同道：「我覺得他肯定是想追妳。」

夏瑤愣了一下，噗哧一聲笑出來道：「妳還真的相信啊，我是開玩笑的。」

「那他幹麼這麼熱情地跟妳合作？」關燕疑惑道：「想和沈氏合作的人多了去，妳也知道他那個精品超市多少牌子想進駐，根本沒人成功，他居然主動給妳一個專櫃？」

夏瑤聳聳肩道：「大佬的想法誰搞得懂呢，反正這回合作案是談成了，其他的以後再說。走吧，我請妳上館子！」

話雖如此，之後發生的事情卻由不得夏瑤不多想。

後續每次和沈氏開會溝通，沈世安都會親自參與，對夏瑤提出的要求也是極力滿足，說真的，這種全國各地都有事業的大佬，為什麼會這麼閒？

終於，在夏瑤故意提出了過分的要求，而沈世安依舊答應之後，她再也按捺不住，散會後單獨找上了沈世安。

「對不起，我可能有些唐突了，」夏瑤在腦子裡想了半天，決定直接說出口，避免不必要的誤會。「我覺得您……對我好像太好了一點，如果是我想多了……」

她話沒說完，沈世安就笑著說道：「我以為妳還要過一段時間才能意識到。」

夏瑤一臉疑惑地看著他，問道：「所以您的意思是？」

「我的確是在追求夏小姐，」沈世安說道：「不知道妳能不能接受？」

說實在的，沈世安英俊帥氣、年少多金，的確是個非常讓人心動的對象，在他說出口的那一瞬間，夏瑤幾乎想馬上點頭答應，幸虧她理智尚存，退後一步搖了搖頭說：「抱歉，我們目前是商業合作夥伴，認識也不過一個多月，我無法接受這種毫無緣由、突如其來的表白。」

沈世安理解地點頭道：「我會繼續努力，相信夏小姐會有接受我的那一天。」

「我一定是瘋了，」離開沈氏企業，夏瑤直奔關燕家裡，崩潰地倒在沙發上喊道：「我竟然拒絕了沈世安！那個傳說中指頭縫裡漏點錢出來，就能讓我一輩子不用努力的沈世安！」

關燕拍了拍她的背說：「了不起，從此以後妳就是我的偶像，有這種決心，妳將來一定是全國首富。」

「得了吧，有個全市首富我就滿足了。」夏瑤抱著靠枕縮著身體道：「妳說他到底是什麼意思？難不成真有一見鍾情這種事？總覺得內情不簡單。」

「可能你們以前就認識？」關燕猜測道：「說不定是幼兒園同學？」

「妳會一直記著幼兒園同學到現在？」夏瑤反問。「而且我幼兒園的時候就是園內一霸，要是這樣都能喜歡我，怕不是什麼被虐狂吧？」

「說不定是妳霸氣的英姿征服了稚嫩的小男生？」關燕開玩笑道：「因為印象過於深刻，所以忘不了。」

「行了吧，別逗我了。」夏瑤皺了皺眉，有些不安地說：「真的怪怪的，下次和他見面時，妳陪我去吧？」

關燕其實也覺得一見鍾情不可靠，擔心對方可能別有目的，她便點點頭說：「好，我陪妳去。」

沈世安看到跟夏瑤一同出現的關燕，先是一愣，隨後了然一笑，和原來一樣平靜地談完公事，收拾好文件才開口道：「夏小姐不必緊張，我對妳並沒有惡意。」

夏瑤手指微微抖了一下，見他不像是生氣的樣子，才說道：「以防萬一而已，並不是不信任您。」

「女孩子警戒一點是好事，」沈世安雙手交叉撐著下巴，這無辜的模樣有些不符合他的身分，他輕聲說道：「看來夏小姐完全不記得我了。」

夏瑤有些疑惑，小心翼翼地問道：「我應該記得您嗎？」按理說有這種顏值的男生她不會忘記才對啊！

沈世安微微落寞地說道：「妳初三那年的夏令營，我和妳在一個營地。」

初三？那時候夏瑤的確去過夏令營，只是她失去父母之後，有一陣子性格孤僻又沒自信，幾乎遠離身邊所有人，對那次夏令營的印象只有「環境很糟糕」。

父母去世後，夏家人對她並不好，若不是為了學校的要求，根本不會讓她參加什麼夏令營，就算讓她去了，也是便宜的那種，沒留下什麼精采的回憶。其實沈世安去參加那種夏令營也合理，他家境一般，全靠白手起家才有今天的成績。

「所以……我們那時候沒說過話吧？」夏瑤說道：「抱歉，我好像真的沒印象。」

沈世安搖搖頭道：「那時候妳看起來不是很好說話，我又自卑。」

什麼？沈世安自卑?!

關燕心直口快地將夏瑤的心裡話問了出來。「你家沒鏡子嗎？」

夏瑤忍不住笑出來，趕緊憋了回去，沈世安也微微露出一點笑來，說道：「其實夏小姐不用擔心，我只是想表達我的心意，妳可以照自己覺得舒適的方式來，如果夏小姐不想再親自過來和我見面，派妳的助理來也一樣，並不會冒犯我。」

這話倒是聽得讓人舒心，夏瑤想了想，說道：「不必了，我並不討厭您，只是我對談感情這件事並不輕率，您是非常好的工作夥伴，我覺得直接溝通效率更高。」

沈世安點點頭，看向手錶說道：「我公司還有事，就先告辭了。」

關燕看著夏瑤送人出去後轉身關上門，不禁「嘖」了一聲，道：「想不到真是以前認識的，看來人家對妳用情頗深啊，不過是一次夏令營，居然從初三記到現在，真是神奇。」

夏瑤擺擺手道：「說不定就是小孩子的一場幻想罷了，年輕時總會把自己的初戀修飾得很夢幻，等到真正談戀愛了，才曉得狀況往往不是那麼理想。」

關燕無語地看了她半晌，說道：「……妳偶爾可以不用這麼理智，知道嗎？」

其實，沈世安並不是因為那次夏令營而記住夏瑤的。

前世夏瑤去世之後，沒多久沈世安的生命也到了終點，然而意識消失不過瞬間，他一睜開眼睛，就發現自己成了一個陌生世界的新生嬰孩。

幸虧是新生嬰孩，他得以默默地觀察這個世界，隨後就察覺這裡很多東西讓人熟悉，就像是……夏瑤曾經描繪過的那些。

所以在夏令營遇到夏瑤的時候，沈世安並不是太驚訝，不過他好像無法靠近夏瑤，總有各種突如其來又理所當然的理由讓他們遠離彼此，彷彿冥冥之中有什麼在控制著雙方的命運，直到這次的合作案。

像沈世安這樣的存在，一舉一動都會被人放大檢視，很快就有人發現他和夏氏集團的小孫女來往過密的事情。

這可能是夏瑤這麼多年來最受「親人」重視的一次，她被叫去老宅，然後發現夏家有點分量的人都在。

「聽說沈氏的沈總在追求妳，有這回事嗎？」夏老太太問道。

夏瑤並不想理會他們，只是靠在椅子上，抱著手臂說道：「可能是吧。」

「妳這是什麼樣子！」夏老太太看不慣她那懶散的模樣，怒道：「妳早說認識沈總，難道我會為妳安排那些相親對象？徒留話柄！」

「話柄？」夏瑤轉向她，道：「什麼話柄？奶奶現在覺得那些人不像樣了？害怕沈總認為夏家不給他面子，丟人了？」

「瑤瑤，妳怎麼這樣跟奶奶說話？」夏瑤的叔叔夏敏說道：「奶奶還不是為了妳好，妳認識沈總怎麼不說，別人都問到我頭上了我才知道，差點鬧了一齣烏龍。」

夏瑤不由得嘆了口氣。她早知道他們本性自私，今天這麼多人一起出現，大概就是想讓她快點答應沈世安的追求，好給夏氏一點照拂。

「聽說沈總給了妳新的銷售管道？」夏老太太問道：「妳有什麼打算？」

「我打算開新的產品線，」夏瑤說道：「爸爸留給我的那個小工廠效益一直不太好，產品也落伍了，乾脆全部改掉，沈總已經同意合作了。」

「大哥的工廠？」夏敏皺眉道：「那工廠半死不活多少年了，既然有了沈氏這個門路，不如多扶持一下夏氏現在發展得不錯的產業。」

夏瑤懶得跟他多費唇舌。原本那間工廠是夏氏發展最好的一個，她父親去世之後，這個叔叔幾乎將工廠的技術人員和資產挖了個空，幸好她父親提前留了一手，才勉強把工廠留給了夏瑤，但這也導致她一直只能靠夏氏維持工廠運轉，如今有機會能脫離他們，夏瑤怎麼可能會放棄？

她抬頭朝夏敏挑眉一笑，冷道：「我偏不。」

沈世安對夏瑤幾乎算得上是有求必應，有這麼一座靠山，夏瑤很快就發展出自己的事業，到了第二年，原本就已是強弩之末的夏氏徹底崩塌，夏瑤掌握了大部分的股份，成為夏氏的當家主人。

雖然沈世安追求的方式有些奇怪，但是兩年的時間，足夠他們了解彼此了。夏瑤發現沈世安是相當單純的人，除了腦子特別好之外，沒有特別的興趣，連朋友都不多，身為年輕的商界新秀，卻連酒吧都沒去過，夏瑤知道的時候真的很震驚。

「就去一次吧！」夏瑤慫恿道：「年輕時不多嘗試，年紀大了會有遺憾的。」

沈世安猶豫了一下，翻了翻日程表後，同意了。

在約好的酒吧門口看到沈世安的時候，夏瑤跟關燕愣住了。

「T恤、牛仔褲、帆布鞋？」關燕問道：「沈世安，你認真的？」

沈世安皺了皺眉說：「現在年輕人已經不這麼穿了？」

穿著亮片短裙的兩個女孩子不禁扶住了額頭，夏瑤笑著說：「就這樣吧，好在臉撐得住，也不算丟人了。」

沈世安既不會跳舞，也聽不慣吵雜的音樂，夏瑤見他實在不適應，心想還不如早點回去，便拉著他到吧檯說道：「坐在這裡別動，我去一下洗手間，回來我們就走。」

這對沈世安來說算是種解脫，他點點頭，安靜地坐在吧檯邊的高腳椅上等待。

夏瑤離開沒一分鐘，一陣香風從旁邊飄了過來，有個略顯沙啞的女聲問道：「小帥哥，一個人？」

沈世安抬頭看了穿著黑色低胸裙的女人一眼，搖頭道：「我跟朋友一起。」

「你朋友讓你一個人坐在這裡？」女人微微彎下腰道：「不如我請你喝一杯？」

夏瑤從洗手間出來，就看見沈世安面前站了個女人，一副要把他吃下去的模樣，她皺著眉走過去，拍拍對方的背道：「抱歉，這是我朋友。」

女人回頭和夏瑤對視了一眼，大方一笑道：「以後別把他一個人扔在這裡，不是每個人都像我這麼和善的。」

倒還算好說話……夏瑤看著女人扭著腰離開，轉頭問沈世安。「沒事吧？」

沈世安搖了搖頭道：「要走了嗎？」

關燕還在跳舞，夏瑤和她說了一聲，就先和沈世安出去了。

沈世安的車和他的人一樣，規規矩矩的黑色商務用車，在一片色彩各異的跑車中極為顯眼。

夏瑤跟著沈世安上了車，繫好安全帶後，突然問他。「沈世安，你還在追我嗎？」

沈世安油門剛踩下去，被她這句話驚得踩煞車停了下來，偏過頭緊張地看著她，說：「嗯，在追。」

夏瑤笑著湊過去在他臉頰上親了一下道：「我同意了。」

沈世安本以為上一世的秘密要永遠留在他一個人的記憶中了，然而兩個人確定關係後的第二天傍晚，夏瑤突然跑到公司堵他，盯著他看了半晌，試探地叫了一聲。「王爺？」

沈世安愣了一下，眼中猛然湧出欣喜的光芒，有些激動地問：「妳記起來了？」

「我作了個夢。」夏瑤鬆了口氣道：「夢的內容實在太具體又太真實了，所以我就過來問問看。」

「那不是夢，」沈世安說道：「我等這一天已經等了二十多年了。」

「所以你一直都記得？」夏瑤問他。

沈世安點點頭道：「我從出生的時候就知道，但這真是太匪夷所思了……我沒辦法告訴別人。」

「抱歉，」夏瑤摸摸他的頭髮道：「讓你等了這麼久。」

「妳能記起來，對我而言就是意外之喜了。」沈世安笑道：「我本來已經做好準備，覺得妳永遠都不會知道了。」

兩個人又聊了一會兒前世的事情，夏瑤終於確定經歷過的那一切並不是自己在作夢，總算放心下來。

眼看天色漸晚，夏瑤看沈世安收拾東西準備送她回家，突然笑著湊到他耳邊道：「今天就住在我那裡吧，反正我一個人住，我得檢查一下，你有沒有被別人碰過……」

長夜漫漫，穿越時空的兩個靈魂再次交疊，展開一段新的旅程。

這一次，他們也會幸福的。

——全書完

2021年9月出版

繼母不幹了

文創風 990~992

心有所屬的丈夫、捂不熱的繼女、備受輕視的夫家……

這些她都不稀罕了，誰想要誰拿去，她要帶著肚子裡的孩子過自由生活！

只是怎麼和離之後，反而更多人出現，讓她的生活更「精采」了?!

和離出走闖天下，女子何須依附誰／李橙橙

她本是忠臣之後，但父母遭逢不幸、雙雙過世，她與哥哥寄人籬下，
成了家族的棋子，被安排嫁給武昌侯當繼室，卻是另一段不幸的開始……
一覺醒來，她依然是武昌侯夫人，也仍因繼女挑撥而被侯爺送到莊子上，
面對再怎麼努力也挽不回的婚姻、捂不熱的繼女，還有虎視眈眈的表小姐，
重生的她只想護住肚子裡的小生命，至於亂糟糟的武昌侯府與侯夫人位置，
哼，誰要誰拿去，她沈顏沫如今不稀罕了！
打定主意，她靜待武昌侯送來和離書，只是這一世怎麼多了三萬兩「贍養費」？

軟萌小軟糖，餘生給你多點甜／途圖

2021年9月出版

登唐入室

她向來柔柔弱弱、不與人爭，
因此，他沒想到她竟會為了他與人吵架，
她說，他在的一天，她便安心當將軍夫人；
倘若他為國捐軀了，她為他守寡便是！
她這麼理所當然的一番話，他聽著聽著，竟有些心醉了……

文創風 986 1

一穿過來就是大婚之日，她的小心臟實在承受不住這般大的驚嚇呀！
她唐阮阮，個性就跟軟糖一樣，軟軟的、甜甜的，誰都能捏一下，
重點是她唯一拿得出手的長項就只有做零食，除此之外啥都不會，
這般沒才能的她竟是天選之人？這中間是不是有什麼誤會啊？天大的那種！
莫名其妙讓她穿越過來，要她救夫婿一家、救大閔朝，是否太為難她？
偏偏她這人又不愛與人爭，上天叫她嫁，她也只能嫁了，連回個嘴都不敢，
幸好這被賜婚的新郎官似也有滿腹委屈，撂下話就甩頭走人，真是可喜可賀啊！
待她緩過勁來，再好好想想該怎麼當這個救夫救國的將軍夫人吧……

文創風 987 2

說起已故的公公鎮國公，那是當今聖上的伴讀兼好友，忠君愛國的好漢，
但好人不長命說的就是這種人，據說三年前在跟北齊議和時，他因貪功送了命，
而且當初死在無人谷的還有夫君的大哥，就連二哥都身受重傷，斷了右臂！
秦家父子四人瞬間折了兩個半，死的不僅被潑髒水，活的還伴君如伴虎，
從此夫君秦修遠便一肩挑起鎮國公府的重擔，殺得北齊軍聞風喪膽，掙下軍功，
按照原本的設定，新婚之夜唐阮阮的原身一命嗚呼，接著他會被奪兵權、誣謀反，
皇帝下令秦府滿門抄斬後，北齊趁機舉兵進犯，大閔從此生靈塗炭、民不聊生，
還好，她來了。既然她是天選之人，那麼她會好好守護這忠勇世家、好好寵愛他！

文創風 988 3

雖然她只會做些零食、小點，但她既來之則安之，每天待在小廚房裡煮東煮西，
還別說，她唐阮阮經手的東西，沒有一樣不令人垂涎三尺、讚不絕口的，
如今不單牢牢抓住夫君的胃，就連上至婆婆、下至奴僕都愛極了她，
但也並非所有秦家人都喜歡她，喪夫後有憂鬱症傾向的大嫂就沒給過她好臉色，
原來朝廷文武官向來不合，以左相為首的文臣看不慣武將做派，時常口誅筆伐；
而武將們又覺得帝都繁華全賴他們浴血奮戰，文臣們只懂得耍嘴皮子，
於是她這個內閣首輔之女就被指婚給了鎮國將軍秦修遠，用來調解文武之爭，
糟的是，原身差點成了左相的兒媳，而秦家懷疑公公和大哥冤死是左相搞的鬼，
所以她這個跟左相有那麼點關係的文臣之女，便一直無法得到大嫂的喜愛，
都說家和萬事興，希望有朝一日她的美味吃食能夠順利修補妯娌間的關係啊……

文創風 989 4 完

他當初不滿皇帝賜婚，所以不肯與她圓房、故意給她難堪，
後來他習慣了每日回來都要看一眼她在不在小廚房裡，心裡盼著有無新吃食嚐，
再後來，他看到她用心對待他身邊的人、用心對待他，他怎能不心悅她？
聽見他的表白，知道他如今一心護著她、想對她好，唐阮阮心裡是滿滿的歡喜，
秦修遠以前吃了太多苦了，所以她希望餘生能讓他多嚐點甜，
而參加朝廷一年一度舉辦的美食令，便是她要送給他的第一道甜，
因為過往奪冠的彩頭都是些奇珍異寶，可今年皇上放話說會允諾一件事，
她曉得他心裡一直想替公公和大哥洗刷冤屈，因此，這回的彩頭她勢在必得！

風 文創

1004

扶瑤直上 下

國家圖書館出版品預行編目資料

扶瑤直上 / 若涵著. --
初版. -- 臺北市 : 狗屋出版社有限公司, 2021.10
冊 ; 公分. --（文創風 ; 1003-1004）
ISBN 978-986-509-261-0（下冊 : 平裝）. --

857.7　　110014947

著作者	若涵
編輯	連宓均
校對	陳依伶
發行所	狗屋出版社有限公司
地址	台北市104中山區龍江路71巷15號1樓
電話	02-2776-5889～0
發行字號	局版台業字845號
法律顧問	蕭雄淋律師
總經銷	知遠文化事業有限公司
電話	02-2664-8800
初版	2021年10月
國際書碼	ISBN-13　978-986-509-261-0

定價260元

狗屋劃撥帳號：19001626

網址：love.doghouse.com.tw　E-mail：love@doghouse.com.tw